春、戻る

瀬尾まいこ

集英社文庫

春、戻る

この作品は二〇一四年二月、集英社より刊行されました。

初出誌
「小説すばる」二〇一三年二月号～六月号

1

生まれてから今日までの出来事をすべて覚えておくのは不可能だ。うっすらぼやけてしまっていることもあるし、すっかり抜け落ちていることもある。記憶が増えれば増えるほど、大事なこともどこかに追いやられてしまう。

だけど、自分についての基本情報ぐらいは覚えている。少なくとも、自分の家族構成はきちんと把握している。つもりだ。

「望月《もちづき》さん、お兄様がお待ちですよ」

料理教室の帰り、受付のお姉さんに声をかけられた。ショッピングモールの中にあるこの料理教室は、若い女の子でいっぱいだ。私より十歳ほど年下の、大学生や社会人になりたての初々しい女の子たちばかり。使っている器具も作るメニューも先生までもがおしゃれで、どれもこれも洗練されている。何か始めなくてはと思って入った教室だけど、いまだにこの雰囲気には慣れない。

「お兄様？」

「はい。お兄様にしては、ずいぶん若く見える方でしたけど、望月さくらの兄ですとおっしゃってました」

「兄、ですか……？」

「ええ。兄だと。外で待っておられると思いますよ」

首をかしげる私に、お姉さんはにっこりと微笑《ほほえ》んだけれど、私には兄などいない。三つ年下の妹がいるだけで、男きょうだいは一人もいない。知り合いの人なのだろうか、それとも山田さんの親戚《しんせき》か何かだろうか。私は腑《ふ》に落ちないまま教室を出た。

「うわ、さくら。久しぶりじゃん」

外に出ると、すぐさま二十歳くらいの男の子が手を振りながら駆け寄ってきた。

「えっと、あの、どちら様でしょうか？」

突然目の前まで近づいてきた男の子に、私は思わず後ずさりした。

「どちら様って、うそだろう？　お兄ちゃんだよ、お兄ちゃん」

男の子は声を弾ませた。黒目の大きな目にきゅっと口角の上がった口につるんとした頬《ほお》。スーツは着ているものの、子どもみたいな顔をしている。

「お兄ちゃん？」

「そう。懐かしいだろう」

懐かしいも何も見たこともない人だ。格好からして社会人なのだろうけど、どこからどう見ても私より年下だ。

「えっと、あの、どういうことでしょう？」

私は眉《まゆ》をひそめた。

「さくら、全然変わらないな。そうやって、いちいち深刻な顔をするところ。久しぶりなのに、すぐにさくらだってわかったもん」

男の子は女の子みたいにほっそりした華奢《きやしや》な手で、馴《な》れ馴れしく私の肩を叩《たた》いた。だけど、私のほうは彼が誰《だれ》なのか、見当すらつかなかった。

「あの、どういうことなのかわからないんですけど」

「何が？」

「何がって何もかもです」

「またまた。やだなあ、さくら」

男の子は不審がる私の横で、「本当に懐かしい」だの「また会えたなんて嬉《うれ》しいよ」

だのと言いながら、勝手に喜んでいる。きゃっきゃとはしゃいでいる姿は、嘘《うそ》をついているようには見えにくい。これだけあっさりと迷いもなく私に近づいてくるのだ。もしかしたら本当に彼は兄弟か何かなのだろうか。私はどこかでうっかり兄と生き別れたり、隠された出生の秘密を持っていたりするのだろうか。しかし、あれこれ考えてみても、思い当たる節は一つもなかった。

「あの、お名前をうかがってもいいですか?」

「まさかこんな歳になってから、自分のきょうだいの名前訊《き》く?」

私の質問に、男の子は冗談はやめてくれと言うように肩をすくめると、よっぽどおかしかったのか声を立てて笑った。笑うと顔がくしゃくしゃになって、ますます幼い子どもみたいだ。

「どこかでお会いしましたっけ? 申し訳ないんですけど、私、あなたのことを知らないようで……」

「知らないって、本気で言ってる?」

今度は神妙に私の顔を見つめる。男の子の表情はくるくると変わる。

「ええ、本当です」

「年月って恐ろしいねえ。ま、立ち話もなんだからさ。お茶でも飲もう。お兄ちゃんがおごってあげる」

「結構です」

「いいって。遠慮すんなって」

男の子は強引に私の背中を押した。

「でも……」

「でもじゃなくて、こっちこっち」

料理教室から出てきた女の子たちが何事かと見ているし、こんなところで言い合っていても目立つだけでらちがあかない。私は男の子に従い、コーヒーショップに入ることにした。

「えっと、それで、何でしょうか……？　私に何か用があるんですか？」

がんばって考えたところで、私には兄などいない。これは新手の詐欺かもしれない。冷静に対応しなくては。私はコーヒーを一口飲んで、改まって質問した。

「何でしょうって、さくら。びっくりしたよ。結婚するんだな」

「ええ。って、どうして知ってるんですか？　結婚するって」

あまりに驚いて私の声は高くなった。

「どうして知ってるって、どうして知らせてくれないんだよ。職場に行ったら、少し前に望月さんは辞めたって言われるし、どうしてかって訊いたら六月に結婚するとかってさ。もう、お兄ちゃん度肝を抜かれた」

度肝を抜かれたのは私だ。この人は私の職場を知っているのだ。突然兄だと名乗り、私の近況まで知っている。男の子が愛嬌《あいきょう》のある顔をしているせいで、警戒心を忘れてしまいそうになるけど、これは厄介な状況だ。

「私、三十六歳なんですけど、あなた、年下ですよね？」

まずはわかりやすいことから明らかにしていこう。私は落ち着きを取り戻すと、そう問い詰めた。男の子はどうさばを読んでも三十歳には届かないはずだ。

「うん。僕、二十四歳」

男の子が悪びれることもなく軽やかに答えるのに、私はくらくらした。

「だったら、少なくともお兄さんではないでしょう。十二歳私のほうが年上です」

「さくらって、いまだに先に生まれたほうが兄っていうシステムを導入してるの？」

「へ？」

「あ、そんなことより、今気づいたけど、さくらと僕って干支《えと》が一緒なんだ。未《ひつじ》でしょ？　うわ、今まで知らなかった。奇遇だねえ」

知らない間に法律が変わって、各家庭できょうだいの順序を決めるようになったんだっけと困惑している私をよそに、お兄さんとやらは一人で盛り上がっていた。

「あの、何がなにやらよくわからないんですけど」

「僕もだよ。久しぶりに会った妹が、完全に僕のことを忘れてるんだもん。感動の再会をイメージしてたのにな」

男の子は牛乳がたっぷり入ったカフェオレを飲みながら、しょんぼりと肩を落としてみせた。私の名前を知っていて、躊躇《ちゅうちょ》なく呼び捨てにしてしまう。いったい彼は誰で、何をしたいのだろうか。

「これは何かの詐欺でしょうか？」

私は思い切って訊いてみた。

「まさか。僕、意外にお坊ちゃんだから、オレオレとも言わないいし、つぼも印鑑も売らないよ」

「それなら、結婚に当たって、私の身元を調べてるとか？」

山田さんがそんなことをするとは思えないけど、詐欺じゃないのなら見ず知らずの人が近づいてくる理由はそれくらいしか思いつかなかった。

「身元って、兄妹《きょうだい》なんだから調べなくてもたいていのことは知ってるよ。さっきからそういうこと言われるたび、密《ひそ》かに僕、傷ついているんだけど」

男の子はうっすらとため息をついた。このかすかに寂しさを帯びた顔。ものすごく遠いところで、ひっかかるものがある気もする。どこかで会った人なのだろうか。しかし、記憶をひもといて過去にさかのぼろうとすると、あるところでどしりと重い扉が閉まってしまう。この開かない扉の向こうに彼がいるのだろうか。いや、気のせいだ。扉に手をかけそうになって、私は軽く頭を振った。二十四歳の男の子に出会う機会など、今までなかったはずだ。やっぱり、彼は何の関係もない人なのだ。

「じゃあ、名前を教えてください」

私はきっぱりと言った。

「名前って、僕の？」

「そうです。せめて名前だけでも言ってくれないと……」

私の要請に、男の子はうんざりした顔をしてから、

「僕の妹の名前は望月さくら。三十六歳、誕生日は十二月二十七日だ。冬生まれなのにさくらって名前なんだよね。すごく音痴で、牛乳が飲めない。僕は妹のこと、こんなに覚えてる。お兄ちゃんの名前くらいそろそろ思い出したっていいだろう？」

と言った。

私の情報は合っている。三十六年前の十二月二十七日に私は生まれた。桜の花が大好

きだったおじいちゃんにさくらと名付けられ、春生まれじゃないのに、といつも驚かれる。生クリームは好きだけど牛乳は嫌いだし、ピアノは弾けるけど歌になると音を外しまくる。見ず知らずの男の子の言うとおりだ。でも、私は目の前の男の子について何一つ知らない。何かを思い出そうとしても、さっきと同じ。記憶は何年かさかのぼったところで、ぴしゃりと扉を閉めてしまう。

「とにかく、用件は何ですか?」

これ以上考えても頭はこんがらがっていくだけだ。私は男の子の正体を突き止めるのは諦《あきら》めた。

「用件って、さくら、結婚のこと何も言ってくれないだろう。それの文句を言いにきたんだ。あと、僕、出し物の準備するからさ、結婚式の日取りとか教えてよ。親父《おやじ》にも伝えないといけないし。それと……、まずはそうだな、結婚相手を紹介して」

「まさか結婚式に来るんですか?」

「まさか身内を結婚式に呼ばないの?」

私と男の子は同じくらい大きな声を上げた。

「身内も何も、私、あなたのこと全く覚えがなくて、すごく困ってるんです」

「大丈夫。そのうち、あ、お兄ちゃん! って呼ぶ日がやってくるから」

「一回りも年下なのに？」

「そう。一回りも年下なのに、お兄ちゃんもしくはお兄さんと呼ぶはずだよ。でも、結婚は六月なんだろう？　時間がないから、お兄ちゃんはちゃっちゃと動かせてもらうよ。さくらが記憶を呼び起こすのを待っていたら、間に合わないから」

「ちゃっちゃと動くって？」

　会って一時間も経《た》っていないけど、彼がマイペースで強引なのはよくわかる。何をする気なのだと私は顔をしかめた。

「出し物の練習を始めるのと、相手の男を見極めるのと、まあそんなとこかな。あ、もうこんな時間じゃん。大変、僕、仕事の最中なんだ」

　男の子は時計を見ると、慌てて立ち上がった。あれこれと思いついたことを話し、次々と動き出す。まったく忙しい人だ。

「さくらの職場へ行って、そこで教えられた料理教室まで来て、知らない間に二時間もふらついてしまった。早く会社に戻らないと」

「お仕事、何されてるんですか？」

　こんな騒々しい人が働いているなんて想像できなくて、思わず私はそう訊いた。

「医療器具の会社で営業。僕も親父の思いどおりの息子にはなれなかったってことだな」

「僕も？」

それは私もということだろうか。見ず知らずのお兄さんとやらの見ず知らずの父親は、勝手に何を私に期待していたのだろう。

「いや、さくらは違うな。さくらのことは幸せだったらいいと思ってるもんな。親父、娘には甘いから。じゃあ、僕行くよ。次はだんなになるやつ紹介してね。今日から出し物の練習するから楽しみにしてて」

「あの、普通、親族は結婚式で出し物はしないと思いますけど」

おかしなところは山ほどあったけど、私は最後にそう言った。

「そう？　僕、手品できるんだよ。鳩《はと》出してあげるのに」

男の子は自信満々に言うと、「でも、さくら、鳥は苦手だったね。出すのはウサギにしよう」と的確な情報を残して去っていった。

「お母さん、私にお兄さんがいたりしない？」

料理教室で作ったロールケーキを食後のデザートに食べながら、私は母親にそう訊いた。

今までは半年に一度程度しか戻らなかった実家だけど、結婚が決まってから度々帰っている。もうすぐたやすく帰れる場所じゃなくなってしまうのだ。そう思うと、頻繁に足が向いた。

「お兄さんって？」

「お兄さんって、お兄さんだよ。生き別れのお兄ちゃんとか血がつながらないお兄ちゃんとかが私にいたりしない？」

「何それ？」

母親はフォークを動かしていた手を止めて、眉をひそめた。

「もしかしたらお父さんに違う女の人との間に息子がいたとかって、ないかな」

「突然何の話してるのよ？　どうしちゃったの、いったい？」

「いや、まあ、それがさ、今日、二十四歳の男が私のお兄ちゃんだって名乗り出てきて……」

「二十四歳の男？　さくら、三十六歳じゃない。まったく何言ってるのよ。驚かさないでちょうだい」

怪訝《けげん》な顔をしていた母親は、あまりの話のばかばかしさに笑い出した。

「まあ、そうだけど」

「年下のお兄さんなんているわけないでしょう？　しかも十二歳も。何かの勧誘で声かけられたんじゃないの？　さくら、しっかりしてよね。どう考えても変な話じゃない」

「そうだよね」

「それに、お父さんが死んだの、さくらが八歳の時よ。二十四歳の息子がいるなんておかしいじゃない」

「そっか。じゃあ、お母さんは？　もしかしてさ……」

「うそでしょう？　お母さんのお腹がすみれを産むとき以外に大きかったことあった？」

　母親はやれやれとため息をついた。

「だったら、何だろう。私、記憶喪失になったことってあったたっけ？」

　考えられることをあげる私を、母親は笑うのをやめて神妙な顔で眺めた。

「さくら、大丈夫？　疲れてるんじゃないの？」

「いや、元気だけど」

「本当？」

「うん。疲れてなんてないよ」

　結婚が決まってから、私は仕事を辞め気ままに過ごしている。緊張を強いられることも責任がのしかかることも皆無だ。疲れるわけがない。

「だったらいいけど。お兄さんがいないかの次は記憶喪失だなんて……。さくら、お父さんに似て、なんでも深刻に考えるところあるからね」

母親は紅茶を飲みながら言った。そう言えば、今日の男の子も私のことをそんなふうに言っていたっけ。

「まあ、結婚が近づくと神経質になるもんね。よくあることだわ」

「そう？」

「そうよ。でも、結婚なんてなるようにしかならないんだから、あれこれ考えずにやりなさいよ」

「そうだね。うん、そうする」

今日、目の前に男の子が現れて兄だと言い放ったのは夢ではないはずだ。そうなのだけど、あまりにもおかしな話で、現実味も信憑性《しんぴょうせい》もない。こんな妙なこと、考えるだけ無駄だ。

母親が大らかに言うのに、私は生クリームがぎっしり詰まったロールケーキを口に入れた。

2

三月ももうすぐ終わり。アパートの入り口の桜も咲きそろって、やわらかいピンクがアパートのクリーム色の壁に似合っている。昼過ぎの日差しもやわらかい、いい季節だ。山田さんの家に向かうために外に出た私は、ふんわりとした空気を思いっきり吸いこんだ。

仕事を辞めてから、私は毎週日曜日と木曜日に午後から山田さんの家に手伝いに行っている。二月の末に退職したものの、結婚の準備は知れていて、暇な時間は山ほどあった。

この町に戻ってきてから先月までの十二年間、私は小さな卸売会社の事務員として働いていた。事務処理ばかりの仕事で代わり映えのしない日々を過ごしていると思っていたけど、仕事を辞めて驚いた。単調な仕事でも、毎日やらなくてはいけないことがあるというのは大きい。退職してするべきことがなくなった私は、十日も経たないうちに途方に暮れた。平穏な時間は気楽さをもたらしてくれるのと同時に、私を落ち着かなくさせた。慌てて料理教室に通い、山田さんの家に手伝いに行き、なんとか間の抜けそうな日々を整えている。週二回の簡単な手伝いでも、仕事に関わっているというのはいい。それだけで、持て余していた時間に張り合いのようなものを与えてくれた。

「こんちは」

「あ、どうも」

アパートを出たところで挨拶《あいさつ》をされ、うっかり頭を下げた私はぎょっとした。そこに立っていたのは、この間の男の子だった。日曜日だからか、スーツではなくグレーのパーカーにジーンズといったラフな格好で、一段と幼く見える。

「な、なんですか?」

「何って、さすがにアパートの中に入るのは図々《ずうずう》しいかなって、ここで待機してたんだ。僕、意外に慎み深いから」

「いやいやいや、どうしてここにいるんですか?」

男の子の慎みの深さなど知ったことではない。私は一歩退いた。

「どうしてって、ほら、この間は慌てて別れてしまったから待ち合わせの時間も場所も決めてなかっただろう? 電話番号も知らないし家で待つしかないじゃん」

「待ち合わせって何のですか? っていうか、私の住所知ってたんですね」

私は思わず肩をこわばらせた。

「そんなの当然だろ。世の中のたいていの兄妹はお互いの住まいくらい知ってるよ」

男の子はにこりと笑った。そうだった。この人は私の兄だと名乗っていたのだ。

「さあ、行こうか」

めまいを起こしそうになっている私に、男の子は景気よく言った。

「どこにですか？」

「どこにって、今日は日曜だぜ。日曜って言ったらデートだろ？　どうせ今から、結婚相手と会うんだろう？」

「はあ、まあそうですけど」

「だったら、僕も一緒に行って挨拶しとかないとな。どんな相手かチェックもしないといけないしね」

「そんなの迷惑です」

なんておかしなことを言うのだ。私は鋭い声を上げた。

「迷惑って失礼だな。まあ、心配しないで。デートの邪魔はしないから」

「デートなんかしませんよ。今日は店の手伝いに行くだけです」

私はぴしゃりと返した。

「店って、結婚相手の店？」

「そうです」

「なるほどな。デートにしちゃ、シャツにパンツだし、髪型もちっともかわいくないなと思ってたんだ」

規則があるわけではないけど、店に手伝いに行く時には肩まで伸びた髪を後ろでくくって、白いシャツにパンツで行く。確かに質素な格好だ。だけど、寝癖の付いたままの髪に、Tシャツとパーカーを羽織っただけの男の子に言われたくもない。

「さくら、本当はそれなりにかわいいのにね」

「それはどうも。じゃあ、失礼します」

様子を窺《うかが》ったり気を遣ったり、私に対する構えが男の子に全くないせいで、こっちまで気を抜いてしまいそうになる。だけど、このペースに乗せられてはだめだ。私は男の子を放って、歩を進めた。

「結婚前に手伝いに行くなんて、殊勝だな」

男の子は迷うことなく、すぐさま私の後ろを歩きながら言った。

「結構歩きますけど?」

山田さんの家が営む和菓子屋まで、私のアパートから歩いて二十分はある。私は振りかえらずに、足を速めた。

「平気平気。僕、五十キロは歩けるから。昔から歩くのは得意なんだよ。さくらも足速そうだね」

「あっそうですか」

「いいよねえ、四月が来るのは。風がやわらかいし日差しも気持ちいい。こんなにコンクリだらけの中を歩いててもうきうきしちゃう」

「…………」

「そういや、さくらはさくらって名前なのに、春生まれじゃないんだよな。どうしてそんな名前つけられたんだろうね」

男の子は私に無視されるのもかまわず、軽い足取りでついてくる。めげない人だ。私は背を向けたまま黙々と歩を進めた。

中学校を過ぎ、公園を通り過ぎると、駅から続く商店街に出る。アーケードが作る影のせいで、商店街の中はひんやりしている。古い昔ながらの商店街は、徐々にさびれてきてはいるけど未《いま》だにたくさんの店がある。食べ物屋に洋品店に本屋。あらゆる種類の店が、五百メートルほどの間に所狭しと並ぶ。この商店街の一番奥の和菓子屋が山田さんの店だ。

「ねえ、結婚相手の店って何屋？」

私のすぐ後ろで、男の子が訊いた。

「和菓子屋です」

「えー。どうせならパン屋とかがよかったなあ。僕、洋食派なんだよね」

「あっそうですか」

「あ、さくら、こんなところにケーキ屋さんがあるよ。こりゃ、商売敵じゃないか」

男の子は商店街が珍しいようで、きょろきょろしながら歩き、気になる店を見つけてはのぞきに行った。顔や雰囲気だけでない。男の子は言動まで子どもそのものだ。

「うわ、あの骨董品屋《こっとう》、見るからにインチキっぽいな。あんな花瓶が五万円もするわけないじゃんね。さくら、買っちゃだめだよ。お、こういう昔ながらの時計屋ってまだあったんだ。売れてるのかな？　めったに客来なそうだけど」

男の子は失礼な感想を並べながら私について歩いた。このままではもうすぐ山田さんのお店に着いてしまう。

「あの、そろそろどっか行ってもらえませんか？」

私は足を止めると、男の子のほうを振りかえった。この調子で店まで来られたんじゃたまらない。

「どっかって？」

「だから、ついてこないでください。本当に迷惑なんです。だいたい結婚相手を見てどうするんですか？」

「どうするって、さくらが幸せになれるかどうかを判断するに決まってるじゃん。やっぱり妹には幸せになってほしいからね。兄として当然だろう？」

男の子はおかしなことを堂々と言った。

「万が一本当に私の幸せを考えてるなら、来ないでください。突然、しかも年下の兄が現れるなんて怪しまれるだけです」

「さくらの結婚相手って、そんな細かなこと気にするやつなの？」

男の子はきょとんと目を丸くしてみせた。くるっとした目がさらに大きくなる。

「普通しますよ」

「へえ。このあたりの人たちって、器の小さなやつが多いんだね。でも、心配しないで。僕、人には好かれる自信があるから」

「そんなこと知りませんけど、本気で来るんですか？」

私はため息をついた。

「もちろん。そのために朝の九時からさくらのアパートの前で張りこんでたんだもん」

「そんな早くから？」

私が家を出たのは、二時を過ぎてからだ。

あんなところに五時間も立っていたのか。それは結婚する相手の和菓子屋を手伝うより、よっぽど殊勝だ。

「今、ちょっと感動しただろう?」

男の子は嬉しそうに顔をほころばせた。その表情に私はどきっとした。日差しが差し込んだようにきらきら揺れる目に、静かに喜びがともるように笑みをたたえた口元。このほどけるような顔はどこかで知っている気がする。でも、何かわかりそうになっても、前と同じ。記憶を探っていく途中で、扉が閉まってしまう。何年も昔のことを掘り返すなんて無駄なことなのだ。時間はだいたいのことを洗い流していく。それをわざわざひもといていくなんて、いいことじゃない。うまく思い出せないのだから、やっぱり彼は私とは無関係なのだ。

「いいえ。でも、私のためを考えるのなら、挨拶なんて控えるべきです」

「そうかな?」

「そうです。お願いだから困らせないでください」

私が訴えるのに、男の子は神妙な顔で考えこんでから、

「わかった。じゃあ、今日は客として偵察するだけにしておくよ」

と答えた。

私は何度も「絶対におかしなことをしないでくださいよ」と念を押してから、店へと急いだ。

山田家が営む春日庵《かすがあん》は、大福や団子がメインの庶民の和菓子屋だ。商店街の中ではゆったりとした店構えで、木で作られた看板や濃紺ののれんは老舗《しにせ》のような風情《ふぜい》があるけど、家族経営の小さな店だ。それでも、季節ごとに少しずつ商品が変わる。今は桜餅《もち》や草餅が並び、店先ははなやかだ。

「こんにちは」

「まあ、さくらちゃん。いつも悪いわね」

店に入ると、必ずお義母《かあ》さんは満面の笑みで迎えてくれる。三十歳を過ぎて、さくらちゃんと呼ばれるのは毎回くすぐったい。

「ここまで歩くのに、疲れたでしょう?」

「いえいえ、大丈夫です」

私は早速エプロンをつけた。渋いこげ茶のエプロン。これをつけて、六時まで和菓子の販売をするのが私の仕事だ。

「お父さん、哲生《てつお》、さくらちゃんが」

お義母さんが、奥の作業場に声をかけると、お義父《とう》さんが、

「ああ、どうも、悪いね。いつもありがとう」

と軽く頭を下げた。お義父さんは笑うと顔がしわしわになって、人がいいのがすぐわかる。

「どうも、こんにちは」

お義父さんとお義母さんがひとしきり私を歓迎してから、結婚相手である山田さんが挨拶をする。山田さんは体がごつく、白い作業着がまるで似合っていない。一生懸命丸めている大福は、手の中にすっぽりと納まってしまっている。

私はみんなに挨拶をすませると、すぐに店に出て前の通りを見渡した。何度も目を凝らして見たけど、男の子の姿はなかった。どうやら諦めて退散してくれたようだ。さすがに店にまでは踏みこめなかったのだろう。

男の子がいないとわかってほっとした私は、商品の売れ行きを確かめて補充すべきものがないかをチェックした。お義父さんは品切れになるのを嫌う。「売り切れとか限定販売とか、とんでもない。精一杯作って、お客さんが欲しいものをいつだって出す」それが春日庵の信条だ。おかげで商品はしょっちゅう残ってしまい、それらは私たちの胃

袋に入れられることとなる。

「もうそろそろしたら、忙しくなってくるかな」

お義母さんは店の前を見ながら言った。日曜日はいつもより人通りはあるものの、商店街は夕方を過ぎないと活気づかない。

「そうですね」

「会社での仕事に比べたら、さくらちゃん、店番なんて暇でかえって疲れるでしょう?」

「いえ、そんなことないです」

単調とはいえ次々することがあった事務仕事と比べると、和菓子を売るだけなのはつまらないかもしれないと私も最初は思っていた。だけど、実際に春日庵の店先に立ってみると、想像以上に楽しかった。一通り試食させてもらってどの商品の味も把握していたから、納得して売ることもできたし、何より作っている人や作る工程を知っているものを売るのは、おもしろかった。常連さんに「この間の団子、おいしかったよ」などと言われるだけで、誇らしい気持ちにもなった。

「物を売るのって、実は楽しいんですよね」

私が言うのに、「それならいいけど」とお義母さんは微笑んだ。

「すみませーん」

お義母さんと和やかに話していると、嫌な声が聞こえてきた。まさかと思って声がするほうを見ると、やっぱりあの男の子だ。帰ったんじゃなかったのか。私は思わず顔をしかめそうになって、頭を振った。男の子は一応客なのだ。お義母さんの手前、素知らぬ顔をしておいたほうがいい。

「何がおすすめですか?」

男の子はお義母さんに愛想よく声をかけた。

「そうねえ、桜餅はいかがですか? あ、草餅もいいかな。よもぎがたくさん入っておいしいですよ」

お義母さんはにこにこしながら答えている。男の子は誰に対してもすんなり近づける性分を持ち合わせているようだ。

「いいですね。僕、よもぎ好きなんです。あ、でも、この大福もおいしそう」

「若いのに和菓子がお好きなのね。どうぞゆっくり見てちょうだい」

お義母さんに言われ、男の子は嬉しそうに商品ケースを眺めはじめた。私は余計なことを言い出さないか、はらはらしながら男の子を目で追った。男の子は店頭の和菓子を散々眺めると、奥のほうへ足を向けた。店の奥には進物用の品物が置かれていて、その奥が作業場になっている。

「ちょっと奥をのぞかせてもらっていいですか？　僕、和菓子作りに興味があるんです」

男の子が白々しいことをさらりと言うのに、私はまた顔をしかめそうになって、ふっと息を吐いた。

「どうぞどうぞ。そんなに和菓子に関心持ってもらえるなんて嬉しいわね。ねえ、さくらちゃん」

「あ、まあ」

お義母さんがのれんを上げて、作業場が見えるようにすると、「うわ、すごいですねえ」と、男の子は図々しく顔を突っ込んで、中を見回した。山田さんとお義父さんが大福を丸めている。男の子に気づいた山田さんは軽く会釈をすると、そのまま大福作りを続けた。

「作ってるのを見ると、欲しくなりますね。やっぱり大福をください」

「そうでしょう。うちの大福は餡《あん》がたっぷりでおいしいですよ」

お義母さんは男の子の選択に満足げにうなずくと、「包んであげてちょうだい」と私にパックを渡した。

「食べるのが楽しみです」

男の子は私が包むのをにやにやと見つめながら、大福を八個も買っていった。

「だいぶ慣れてきましたか？」

私が手伝いに来て今日で六回目。山田さんは六回とも同じ質問をした。

「ええ。大丈夫です」

私は前回と同じように答えながら、お茶を飲んだ。

お義母さんとお義父さんが気を遣って、二人一緒の休憩時間を用意してくれている。

店の奥と二階が山田さん一家の住まいで、二階の居間の小さな食卓で、向かい合ってお茶を飲んで過ごす二十分が私たちの時間だ。

「ずっと立ちっぱなしだと、疲れるでしょう」

「平気ですよ。私、体だけは丈夫なんです」

「それはよかったです」

和菓子を食べてお茶を飲みながら話しているせいか、山田さんと会話していると時間がゆっくり過ぎる気がする。

「山田さんは、毎日和菓子を作って食べてって、飽きませんか？」

私はできたての団子をほおばりながら、質問した。団子をみつに絡めて、たっぷりのきな粉をまぶしてあるきな粉団子。私は春日庵でこれが一番好きだ。

「なぜか、和菓子ならいくつでも食べられるんです」

山田さんも団子を口にした。

「ケーキよりあっさりしてますもんね」

「ケーキだと二日続くと限界ですね。さくらさんは、きな粉が好きなんですね」

「そうですか？」

「おはぎを食べる時も、きな粉のばかり食べてますよ」

山田さんはそう笑った。

山田さんは大柄で熊《くま》みたいにのっそりとしていて、繊細な和菓子を作っているようにはとても見えない。私より二つ年上なだけなのに、落ち着きはらっているせいかずいぶん年上に感じる。口数も多くないし、あか抜けてもいない。それでも、物静かでゆったりしているせいか、母親や妹の受けはよかった。

あの男の子はどう思っただろうか。それが少しだけ気にかかった。

3

四月最初の土曜日、姪《めい》のさやかちゃんが幼稚園に入園したお祝いに、実家にみんなで集まった。ちらし寿司《ずし》に鶏《とり》のから揚げにサラダにスープに苺《いちご》のケーキ。食卓には、母親が朝から張り切って準備した食べ物が並んでいる。

「もうすぐお姉ちゃんも結婚だもんね。楽しみ」

妹は私の結婚が決まってから、会うたびにそう言った。

「まだ二ヶ月以上あるけどね」

「でも、いい人が見つかって本当よかった。ほっとしたよ」

三つ年下の妹は、子どもができてからすっかりたくましくなって、いつの間にか私よりしっかりとしたことを言うようになった。

「そうだね」

「今のうちに楽しんでおかないとね。いざ新生活が始まると、自分の時間なんてないも同然だもん」

「確かにすみれ、いつもバタバタしてるもんね」

「そう、毎日めまぐるしい。って、さやか、ケーキは後で。先にちゃんとご飯食べなきゃ。全然野菜食べてないじゃない」

妹はケーキに伸ばそうとするさやかちゃんの手を戻しながら言った。妹に叱《しか》られて、まだ五歳になったばかりのさやかちゃんは「やだやだ」とぐずっている。

「知ってる？　レタスもこうやって、ハムと一緒に食べるとおいしいんだよ」

私はレタスにハムを巻いて食べて見せた。

くるくる巻くのが楽しそうに見えたのだろう。私が何個か「おいしい」と言って口に入れているうちに、さやかちゃんも真似《まね》をして食べ始めた。

「お姉ちゃん、子ども好きだもんね」

妹はそんな私を見て、微笑んだ。

妹に子どもが生まれた時、私は喜びを感じると同時にどきどきした。十三年も前だが、私は一年だけ小学校で働いたことがある。子どもの時から教師になりたかったはずなのに、小学校での仕事がまるでうまくいかなかった私は、妹の妊娠を知って心がこわばった。また子どもが身近にやってくるのだ。うまくやることができるのだろうかと。けれど、それは完全な取り越し苦労だった。さやかちゃんを目の前にすると、不安は一瞬で消えた。さやかちゃんはとてもかわいくて、すぐに愛《いと》しくなったし、さやかちゃんも私になついてくれた。

私はそううなずいてから、「いっぱい食べたね」と野菜を食べ終えたさやかちゃんに拍手を送った。


「まあね」

実家で夕飯を食べ終えアパートに戻ってくると、例の男の子が立っていた。土曜日なのに仕事帰りなのか、スーツ姿でほんの少し疲れているように見える。

「今日は何の用事ですか？」

この男の子の軽妙な強引さに慣れてしまったのか、彼が華奢で軟弱に見えるせいか、夜に押しかけられているのに不思議と怖さは感じなかった。

「春の夜空っていいよね。この辺は星が見えないけど、でも、春だと空がおぼろげでいい」

男の子は空を見上げた。嬉しそうに顔を上げている様子は、妹の子どもとあまり変わらない。

「で、何ですか？　今日は春日庵には行きませんけど」

私も空を仰いでみた。空はかすんでいて、星も月も見えはしない。

「今日は打ち合わせに来たんだ。手品をどのタイミングでするかを決めておこうと思って」

「手品？」

「そう。僕、結婚式で手品するって言っただろう？　ウサギ出してあげるって」

そう言えば初めて会った日、彼は結婚式で出し物をすると意気込んでいた。

「本気だったんですね。だけど、残念ながら、私たち式も披露宴もしないんです」

「式をしないって、どういうこと？」

「結婚式は挙げないってことですよ。婚姻届を出して、お互いの親戚どうしの顔合わせの食事会をして、それで終わりです」

「本当に？」

「ええ。だから、ウサギを出す場面も、火の輪をくぐるチャンスもないんです」

「そんな。どうして？」

結婚式を挙げない人たちはいくらでもいるだろう。それなのに、男の子は本当に驚いたようで、目をぱちぱちさせた。

「どうしてって、お互いにもういい歳だし、あんまり大げさなのもどうかと思って」

「うそだろう？　一生に一度の大事な日なのに？」

男の子はがくりと肩を落として、ついでにそのまま植え込みに腰かけた。

「いいんです。籍さえ入れれば、それで十分です」

私たちは結納もしていないし、婚約指輪もなければ、新婚旅行に行く予定もない。ただ、結婚をするだけなのに、そんなたいそうなことをする必要はない気がした。

「自分、不器用ですから」

男の子は声を低めてそう言った。

「何ですか、それ？」

「あの団子屋のまね」

「そんなこと言ってないでしょう？」

山田さんは器用な人ではないけど、そんなきざな台詞《せりふ》も言いそうにない。私はあきれながら指摘した。

「まあ、団子屋とは一言も話してないけどね。でも、今にも言い出しそうだった。不器用ですからって。お前大福作れるじゃんってつっこみそうになったよ」

「あっそうですか」

「あの商店街、うどん屋はきつねうどんがおいしかったし、本屋や薬屋の品揃《しなぞろ》えはまあまあだったし、悪くはないと思う。でも、団子屋はぱっとしなかったな」

男の子は偉そうに言った。

「商店街うろついたんですね」

もろもろのことはさておいて、彼のこまめさには感心する。

「うん。さくらが万が一あの店のお嫁さんになったら、しょっちゅう通うことになるしさ。でも、どうしてさくらは団子屋と結婚するの？」

「どうしてと言われても……」

半年と少し前、母親の通う太極拳《たいきよくけん》教室の先生に紹介されたのが山田さんだった。すごくいい人なのよと熱心に推されて会い、何度か一緒に出かけるうちに、結婚するんだろうなと思った。山田さんといても、どきどきもしなければわくわくもしなかった。でも、嫌ではなかった。取り立てて惹《ひ》かれるところがない代わりに、苦手なところもない人だった。山田さんも同じようなことを私に感じているはずだ。お互いにいい歳だし、何の障害もなかったことも大きい。私の母も妹も結婚を望んでいたし、山田さんの両親も早く嫁が来てほしいと願っていた。だからだ。きっと結婚なんて、こういうものなんだろうと思う。

「よくわからないけど、心配していただかなくてもいいですよ」

私が答えると、男の子はよっこいしょと立ち上がった。

「さくら、幸せになれるのかな？」

「幸せ？」

「そう。これからさくらは幸せになるのかな？」

「さあ……」

また難しいことを訊かれ、私は首をかしげた。結婚するにあたって、幸せかどうかなど考えたことはない。ただなんとなく進んでいるだけだ。

「知ってた？　僕のアパート、ここから七駅も先にあるんだ」

どう答えようかと考えている私に、男の子は一つ伸びをしてから、そう言った。

「そうなんですか」

「しかも職場も全然反対方向」

「ずいぶん遠回りなんですね」

「そう。恐ろしく回り道なんだ。妹を思う気持ちってすごいだろう？」

「まあそうですね」

私が同意すると、男の子はにっこりと笑った。口元も目元もほころんでいて、いい笑顔だ。

「じゃあ、遅いから帰ろっかな。出し物のことはまた考えるわ。さくら、おやすみ」

男の子はそう手を振ると、相変わらずの軽い足取りで夜道をふわふわと歩いていった。

4

突然現れて平気で家まで来る男の子に比べたら、悪いことでもおかしなことでもないはずだ。私は自分にそう言い聞かせ、そっと男の子の後を追った。七時を過ぎ日は沈んではいるけれど、住宅街は人通りが少ないから彼が振りかえればすぐに見つかってしまう。私は慎重に足音を忍ばせて歩いた。

今日も男の子はごく自然にアパートの前で、山田さんの家から帰ってくる私を待っていた。そして、私のことをああだこうだと語っては勝手に喜んでいた。見事なまでに戸惑いもなく近づいてくる様子に気を許してしまっているけど、よく考えるとどきりとする。

見ず知らずの男の子に、名前も住まいも結婚相手までも知られ、とやかく言われて話し込んでいるのだ。男の子に恐怖心がわくことはないけれど、とてつもなくおかしな状況だ。

彼の存在を確かにするものを、何でもいいから手に入れたい。名前を教えてくれないのなら、勤務先だって住まいだっていい。後をつければ、住んでいるところぐらい知れるはずだ。私はひとしきり話を終え、アパートを後にした男の子を、追いかけることにした。

鼻歌でも歌っているのだろうか、男の子がご機嫌で歩いているのは後ろ姿からでもわかる。商店街を歩いた時と同じ。男の子は人の家の庭や道路の片隅の雑草まであちこち見渡しながら歩くから、スムーズに進まない。とりあえず駅へは向かっているようだけど、これじゃ時間がかかってしまう。たかだか十五分程度の道のりなのに、いったいどれだけのん気に歩くのだろう。私はいらいらしながらも、見失わないように男の子の後ろに続いた。

バス通りに出ると、コンビニや小さな食堂が現れる。人通りも増えるから、見つかりにくいだろう。私は男の子との距離を詰めた。駅まであと五分になるころには、ふらふらと進む男の子に合わせて身をひそめながら歩いたせいか、私はどっと疲れていた。このまま電車に乗って彼の家を確認して、戻ってくるころには何時になっているだろう。もう少しさっさと歩けないものかとやきもきしていると、小さな郵便局の角を曲がってすぐのところで、男の子はぱたりと足を止めた。どうしたというのだ。私は慌てて郵便局の隅へと身を隠した。

「お、ばあちゃんじゃない。久しぶり」

「あらまあ、こんばんは」

角からちらりとのぞくと、男の子はバス停に座っているおばあさんに声をかけている。偶然にも知っている人に会ったようで、男の子はおばあさんの横によいしょと腰をかけた。

「ばあちゃん、こんな時間まで何してるの？」

「それがさ、今日、娘の家に行ったんだけど、すっかり話し込んで長居しちゃって……」

「なんだ。だったら、家まで送ってもらえばいいじゃん」

私は郵便局の塀に寄りかかりながら聞き耳を立てた。おばあさんの耳が遠いせいか、二人の声は大きく、夜の町によく響いている。

「そう思ったんだけど、ちょうどだんなが帰ってきてばたばたしだしてさ」

「えー、気の毒」

どういう関係かはわからないけれど、男の子とおばあさんは知り合いで、おばあさんはこの近所に住む娘さんを訪ねた帰りらしい。

「それならだんなに送ってもらえばいいのに」

「そうなんだけどねえ」

「こんな時間にばあちゃん一人で帰らせるなんて、だんなって気が利かない男だね」

男の子はどこの家の人にも遠慮なく、ダメだしするようだ。私のほうが、おばあさんが気を悪くしないかはらはらした。ところが、おばあさんはご機嫌で、

「そう。悪い人じゃないんだけどさ、こう気配りができないっていうか」

と話に乗ってきた。

「わざわざばあちゃんが行ってやってるのにね」

「そうなんだよ。ありがとうありがとうって言うわりには、それだけなんだよね」

「口じゃなく、態度で示せってやつだね」

男の子が偉そうに言って、それからは二人でだんなさんのことを言いたい放題だった。あの男はどこか抜けている。さっさと動くことができない。などなど……。でも、二人ともがからりと言うせいか、不思議と悪口には聞こえなかった。

「そうそう、うちも妹がいて、それがもうすぐ結婚するんだけどさ」

おばあさんの毒舌ぶりに笑いをこらえながら隠れていた私は、彼の発言に耳をそばだてた。

男の子には妹がいるのだ。しかも、私と同じように結婚間近の妹が。だから、私のこ

とを身内のように思って近づいてきたのだろうか。

「へえ。あんた、妹さんがいるんだ」

「ああ。その妹の相手がいまいちぱっとしないんだよね」

「うちと同じだね」

「そう。いつもぼんやり大福丸めてて、体ばかりでかくてのそっとしてさ」

やっぱりというか、驚いたことにというか、妹というのは私のことのようだ。他人にまで公言するなんて、男の子は本気で私と兄妹だと思っているのだろうか。だからこそ、堂々と兄だと言い張り平然と私に近づいてこられるのかもしれない。

「どこでもだんなになる男って、たいしたことないねえ。自分の娘や妹だと、もっといい人いるんじゃないかって思うんだけどね」

「そうそう。うちの妹にはかっこよくて優しくて、キラキラした男がお似合いなのになあ」

男の子もおばあさんもとんでもなく親ばかで、聞いているほうが恥ずかしくなる。さすがにおばあさんは気が引けたのか、さんざん言った後に、

「まあ、身内びいきも甚だしいけどね」

と少し声を落とした。

「そんなことない。当然だよ」

「そうかい？」

「そう。だって、ばあちゃんの娘さん、美人だしさ」

男の子が言うのに、おばあさんははたと間を置いた。姿は見えなくても、首をかしげているのがわかる。

「あれ？　うちの娘見たことあったっけ？」

「いや、会ったことはないけど、ばあちゃんが美人だからそうだろうって」

男の子が調子よく言って、おばあさんの嬉しそうな笑い声が響いた。

「そういうあんたもいい器量してる。そういや、あんたって失礼だよね。なんだっけ、名前が思い出せないなあ。前に教えてもらった気がするんだけど……。男前の名前は忘れないはずなのに、ぼけちゃってさ。だめだね歳取ると」

思いがけず、男の子の名前を知るチャンスが訪れた。聞きもらしちゃいけない。私はごくりとつばをのんだ。

「思い出せなくたってしかたないよ。前にここで一度会っただけだもん」

男の子はおばあさんを慰めるように、さっぱりと言った。

「ああ、そっか。誰かと思いながら話してたけど、昔ここで会ったんだ」

「そう。二年くらい前に、このベンチで話したんだ」

「なんだかそうだったね」

私は二人のやりとりにくらくらした。家の事情まで話していたのに、二年も前にたまたま言葉を交わしただけだったとは。男の子だけでなくおばあさんまでもが盛り上がっているから、親しい間柄なのだと思っていたけど、おばあさんのほうは相手が誰なのかすらあやふやだったようだ。

「あ、なんか思い出してきたよ。確か……田中一郎さんだっけ」

気を遣っておばあさんが言うのに、男の子が吹き出した。

「ばあちゃん、適当に言ったでしょう。いいよ、名前なんて。僕もばあちゃんって呼んでるし」

「そうだね。一郎だろうと次郎だろうとどうでもいいね」

おばあさんは乱暴に言って、男の子も「そうそう、どうでもいい。まあ、僕は一郎でも次郎でも三郎でもないけどね」と陽気に笑った。

どうやら二人にとって、お互いの名前など問題ではないらしい。どこの誰かわからなくても、こんなにも話ができて、あっさりと近づくことができるのだ。

考えてみれば、私も見ず知らずのおじいさんやおばあさんに話しかけられることはある。男の子ほど話を弾ませることはできないけど、矢継ぎ早に話しかけられて、ついつい立ち去れなくなることだってある。知らない人と関わることは、そう風変わりなことでもないのかもしれない。

「夜は本数がぐっと減るから、ここだったらバス待つより駅まで歩いたほうが早いよ。ゆっくり歩いていく？　えっと……今七時四十分だから、あと三十五分はバス来ないけど」

男の子が、立ち上がって時刻表を確認したのだろう。古いベンチがきしむ音が聞こえた。

「いいよ。なんだか疲れちゃったし、歳取ると三十五分ぐらい一瞬だから」

「そっか。じゃあ、僕ももう少しここで休憩しようっと」

男の子が再び勢いよく腰かけて、ベンチがぎしぎしと鳴った。

三十五分か。じっとここで立っているのは、私には長い。そんなに息をひそめてもいられない。彼は私だけでなく、誰にだってすんなり飛び込んでいくのだ。それがわかっただけで、今日はいいとしよう。

三十分以上時間があると知った二人は、次は最近の若者について語りだした。まだ二十代のくせに、男の子はおばあさんと意気投合して文句を言っている。自分も若者じゃないかと言いたくなるけど、楽しそうだからしかたない。これ以上二人の時間を邪魔するのも悪い気がして、私はそっとアパートへと引き返した。

5

「さくらさんの姪っ子さんは小さいから、洋食のほうがいいですよね」

「どうかなあ。でも、まだそんなにたくさん食べられないし。やっぱりおじいちゃんやおばあちゃんに合わせて和食のほうがいいかも」

レストランや料亭のパンフレットを見比べながら、休憩時間に山田さんと、親戚を集めた食事会の場所をあれこれ話し合った。

「親戚って改めて思い出してみると、結構多いものですね」

山田さんは紙に書き出した名前を数えて言った。

「そうですね。妹の結婚式以来会っていない人がほとんどですけど」

「僕もですよ。うちは弟も結婚していないし、母方の伯父に会うのなんて、大人になってからは初めての気さえします」

山田さんは愉快そうに笑うと、「さくらさんのところが八人で、うちが十三人。合わせて二十一人ですね」と人数を発表した。

「私たちを足して二十三人か。どこがいいかな……」

ゆったりできる広い空間も大事だけど、緊張する場だから何よりおいしいものが必要だ。てんぷらやお造りばかりじゃなくて、もう少し手の込んだものが食べられるところがいい。あれこれ考えながらパンフレットを見ていると、頭にふとあの男の子のことが浮かんだ。彼は結婚式には行くと張り切っていたけど、本気で来るつもりだったのだろうか。いや、まさか改まった場までは出てこないか。でも、彼は突然現れては、勝手についてくる。食事会の場所くらいかぎつけて、ちゃっかり手品を披露しかねない。

「あの、もしかしたら、ちょっと増えるかもしれません」

私はおずおずと山田さんに申し出た。

「あれ？　誰か忘れてましたか？」

「その、まあ、なんていうか、三週間ほど前に兄だという人が現れたんです。と言っても、年下なんですけど、もしかしたら、その人が図々しく押しかけてくるかもしれないというか……」

「ああ、あのしょっちゅう買いに来る男の子ですね」

山田さんは私の妙な話に驚きもせずにそう言った。

「男の子?」

「ええ。ここ最近、何度も同じ男の子が店に来たんです。営業の途中だとか言いながら、その子いつも作業場をのぞいていくんですよ。ついでになんだかんだとお袋と話を弾ませて……。慌ただしく来ては毎回大量に買っていくから、お袋と愉快な人だねって話してて。違いますか?」

それはまさしくあの男の子だ。まだ四回しか会ったことがないけど、彼がそうしている姿は簡単に目に浮かんだ。

「たぶん、その人だと思います。あれ? でも、山田さんはどうしてそれが兄だと思ったんですか?」

「それがその男の子……」

山田さんはそう言いかけて笑いだした。

「まさか、何かしましたか?」

彼の行動はおおむね奇妙だ。どんな変なことをしでかしたのだろう。私はどきどきしながら、山田さんの言葉を待った。

「いや、それがその男の子、店に来るたびに、時々入っているバイトの女の子とてもいいですね、って言うんですよ。働き方もいいし、愛想もいいし、大事にすべきですとかってさくらさんのことお袋に宣伝して。だから、さくらさんのファンなのかなとお袋と話してたんです」

山田さんの話を聞いているうちに、私は耳まで赤くなった。実の兄だってそんな親ばかなことはしない。今度男の子が現れたら、文句を言ってやらなくては。

「すみません。本当、変な人なんです」

「でも、いい人じゃないですか」

私の身内だと思ってか、山田さんは褒めてくれた。

「いい人なんかじゃないですよ。かなり年下なのに兄だと言い張るし、だいたい突然現れるし。おかしすぎます。山田さん、驚かないんですか?」

「親戚なんてそんなもんじゃないですか」

山田さんが言うのに、「そうですか?」と私は首をかしげた。

「そうですよ。僕もつい先日、見知らぬ女の人にお兄さんと声をかけられたんです。誰だろうと思ってたら、弟の彼女だったんですよ。知らない間に、知らない人の兄になってるなんて不思議ですよね」

山田さんはそう言ったけど、それとは全然違う。弟の彼女が山田さんをお兄さんと呼ぶのは変じゃないし、どういう関係かきちんとわかっている。それに比べて、あの男の子は私の周りの誰かとつながっているわけではない。何の関係もないのだ。しかし、正体がわからない男の子のことを説明するのは、ややこしい。山田さんが親戚のようなものだと思ってくれているのなら、そのほうがいいのかもしれない。

「じゃあ、食事会の場所は余裕をもって広めのところにしましょう。この先、さらに親戚が増えるかもしれないし」

考えをめぐらしている私の横で、山田さんは楽しそうにパンフレットを眺めた。

6

山田さんの店での親ばかぶりを指摘してやろうと思ったのに、それから男の子はなかなか姿を見せなかった。どうでもいい時にはやって来るのにと思っていると、二週間ほど経ってからだろうか、アパートの前に男の子が立っていた。街灯の下で、沈みきった空をぼんやりと仰いでいる。

「よ。さくら、こんばんは」

男の子は私に気づくと、最初に会った時と同じように手を挙げて微笑んだ。誰かが近づくと嬉しそうに笑うのは、男の子のくせみたいだ。

「どうも」

私も軽く会釈をした。数えるほどしか会っていないのに、男の子の出没にもう慣れてしまっている。

「なんだか久しぶりになってしまったな。一週間、せめて十日に一回は来ておきたかったんだけど、最近帰りが遅かったんだ」

「そんなに頻繁にここに来る必要はないですけどね」

言い訳のように男の子が言うのがおかしくて、私は少し笑ってしまった。

「必要大ありだよ。さくらが団子屋になるまでに時間もないのに。それなのに、仕事に慣れなくて手こずってばかりでさ。働きはじめてもう二年も経つんだけどなあ」

「仕事ってややこしいですからね。慣れるのは難しいですよ」

「僕、要領だけは自信があったんだけど、これが全然だめ」

男の子がため息混じりに言うのに、

「仕事なんて、うまくいかないのが普通です」

と私は慰めるように言った。

社会に出れば、要領とか情熱とかそういうものでは動かせないものがたくさんある。

社会人一年目、揚々と小学校で働きはじめた私も、仕事に慣れるどころか暗闇《くらやみ》に落ち込んでいくだけだった。いや、どうしてそんな昔のことを考えなくてはいけないのだ。記憶が掘り返されそうになって、私は軽く頭を振った。そんなことより、今日は彼に文句を言ってやらなくてはいけない。

「でも、あなたの場合、忙しいのは仕事の合間に春日庵に通うからですよ」

私が嫌味っぽく言うと、「あれ、知ってたの？」と男の子は頭をかいた。

「勝手に山田さんのところに通いつめて私のこと宣伝しないでください。恥ずかしいったらないです」

「そう？」

「そうですよ。だいたい私の結婚に渋ってたんじゃないんですか？」

「そうだけど、でも、さくらがこの団子屋の嫁になるんだと思ったら、売り込まずにいられなかったんだ。もしかして迷惑だった？」

「当たり前です」

男の子の行動は、ほとんど迷惑だ。私はしっかりと首を縦に振った。

「そっか。そりゃ申し訳ない……。団子一家、嫌がってた？」

男の子は心配そうに訊いた。

「まあ、嫌がってはないでしょうけど」

山田さんは彼のことを微笑ましそうに話していたし、お義母さんも嫌がってはいないはずだ。私がそう答えると、

「そっか。よかった」

と男の子はほっと顔を緩ませた。勝手に行動して心配してはすぐに安心する。まったく身勝手な人だ。でも、和らいだ彼の表情を見ていると、わざわざここまで来ているのが、なんとなくいじらしくも感じた。

「今日はいつからここにいたんですか？」

私が尋ねると、腕時計を見ながら「仕事終わってすぐ来たから八時前かな」と男の子は答えた。

「じゃあ、夕飯は？」

もうすぐ十時になろうとしている。彼はここで二時間近く立っていたのだ。

「いや、まだ。もうお腹ぺこぺこ」

「だったら、食べていきませんか？」

「へ？」

「今日料理教室でいろいろ作ったのに、私、友達と会ってご飯を食べてきてしまったから、余ってるんです」

私は料理の入った紙袋を掲げて見せた。

「やったあ。って、いいの？」

男の子は一瞬喜んだものの、すぐにいぶかしそうに私の顔を見つめた。次々感情が生まれては、それがそのまま表情に出てくる。子どもそのものの男の子を見ていると、警戒心は消えてしまう。

「いいんじゃないんですか。一応身内のようだし」

仕事帰りにここまで来てくれているのだ。夕飯ぐらい食べさせてあげてもいいだろう。いつもより心なし疲れた男の子の姿を見たせいか、心地よい春の夜のせいか、私は太っ腹な気持ちになっていた。


「うわ、妹の部屋に入るの初めて」

男の子は私の部屋に入るや否や、あちこちを眺めはじめた。

「あんまりそこらじゅう見ないでください」

「ずっと外からは見てたんだけど、中はこうなってたのか」

「人の家を眺めてるなんて、気持ち悪いですよ」

「大丈夫。こっそり見てたから。意外に片付いてるじゃん。あ、この掃除機、僕の家のと一緒」

「わかったから、とりあえず座って」

私はきょろきょろする男の子を食卓の前に座らせると、料理教室から持ち帰ったものをテーブルに広げた。

「えっと、今日作ったのは、鰆《さわら》のパイ包みとホワイトアスパラのサラダと……、デザートは何だっけ？　ややこしい名前だったな。何だか生クリームで固めたみたいなの」

「うそだろう」

男の子は私が並べた料理をまじまじと眺めた。

「そう。うそみたいに豪華でしょ？」

料理教室ではサラダからデザートまでを作る。見た目がいいおしゃれなものが多いから、ひととおり並べるとレストランで出てくるちょっとしたものに見える。

「確かに豪華だけど、鰆をパイに包んじゃうなんて正気の沙汰《さた》じゃないな」

「おかしいですか？」

「おかしいよ。鰆っておいしいのに」

「おいしいから今日のメニューだったんだろうけど。まあ、食べて」

男の子は「いただきます」ときちんと手を合わせてから、料理に箸《はし》を伸ばした。

「どう？」

「おいしくないことはないけど、でも、パイのせいで脂っこくなってるし、鰆の味が消えてる」

「いろいろうるさいんですね」

「だってこんなの素材を殺してるじゃん。あ、でも、いかにも料理したって感じじゃないと、料理教室の価値がないのかな」

男の子はなんだかんだ言いながら、次々と口に運んだ。私も鰆のパイ包みを少し口に入れてみたけど、決してまずくはない。

「わざわざ料理教室なんか行かなくても、さくら、そこそこ料理できるのに」

「まあ、かなりそこそこですけどって、よく知ってるんですね」

「今の情報はあてずっぽうだけどね」

男の子はえへへと笑った。

「住まいも名前も勤めていた所も知ってて……。いったいどれくらい私のことを知ってるんですか？」

時々男の子が漏らす私についての知識は豊富だ。私がそう訊くのを、男の子は「兄として知っておくべきことはだいたい知ってるよ」とあっさり片づけると、「それより、さくらはどれくらい僕のことを思い出した？」と身を乗り出して尋ねてきた。

「どれくらいも何も、まったく思い出してないです」

「本当に？　まったくってゼロってこと？」

「そうです。でも、なんとなく無関係な人だとは言えないような気がするっていう程度にはなってきたような気もします」

気を緩めた時や何かを思いついた時。そういうふとした瞬間に彼が見せる表情はどこかで知っているようにも思える。それにこうして食卓を囲むのも、なぜか覚えがある。男の子のきちんとした食べ方や珍しいくらいにきれいな箸の持ち方は、前に見た気がする。でも、それだけだ。短期間ではあったけど、私は学校で働いていたのだ。子どもっぽい男の子が、誰かに重なっているだけかもしれない。

「気がしてばっかりじゃん」

「ええ。気のせいの域は永遠に出そうにないですね」

「なあんだ」

「でも、うっかり夕飯を一緒に食べるくらいはできてるんだから、いいんじゃないですか」

がっくりした男の子をなだめるように、私は言った。

「所詮《しょせん》、兄なんてそんなもんなんだろうな。っていうか、これ、すごいお菓子だな。こんなにも生クリーム使いまくっているってことは、団子屋に対する反逆？」

男の子はあっという間に鰆もサラダも片付けて、もうデザートにかかっていた。細いのによく食べる人だ。

「何だっけ、えっと、ズコットっていう名前のイタリアのお菓子らしいです」

私は興味深げにデザートを食べる男の子のために、教室でもらったプリントを読んでやった。

「へえ。だけど、これならあの団子屋の大福のほうがおいしいな」

「大福、気に入ったんですね。そう言えば、こないだ買ったあの大福、全部食べたんですか？」

男の子は、山田さんをチェックしに来た日、大福を大量に買っていた。

「うん。八個全部食べた。だんだん苦しくなって、四個目からはこれは大福じゃなくておにぎりだって言い聞かせて食べたけど」

「八個も一人で？」

「そうだよ。大学からこっちに出てきて、一人暮らしだもん」

男の子はスプーンについた生クリームをなめながら答えた。

大学から出てきたということは、彼の生まれはここではないのだ。私は大学進学と同時にこの町を離れたけど、ここで生まれ育った。生まれた場所が違うなんて、男の子は兄から遠くなっている。彼にそんなことを問い詰めたところで、何も動じないだろうけど。

「そうだ、それよりさ、料理くらい僕が教えてあげるよ」

一気にデザートも食べきった男の子は、顔を上げるとぱちんと指を鳴らした。

「教えるって?」

「これくらいの料理、僕が教えてあげる。っていうか、もっとおいしいものを作れるようにしてあげる」

「そんな、結構です」

「遠慮するなって。結婚生活で一番大事なのは料理だもん。パイにも包み隠さず、あの団子屋が喜ぶ料理教えてやるからな」

「山田さんはパイ包みでも喜んでくれると思いますけど」

「甘いな、さくら。まあ僕に任せとけって」

男の子は勝手に決めると、一人でほくほくと笑った。

7

「今日は鰯《いわし》とアサリとキャベツです。では七時に」

山田さんの店の手伝いを終えた帰り道、食材が書かれたメールが届いた。送信者は兄となっている。ああ、本気だったんだ。もうすぐ七時になる。私は返信はせずに携帯をかばんに入れて足を速めた。

この間の夕飯の後、「さくら携帯貸して」と男の子に言われ、どこかに電話でもかけるのだろうと疑いもせず携帯を渡した。そうしたら、アドレスを登録されたのだ。

「さくらの住所も前の職場も知ってるのに、アドレスは知らなかったんだよね。僕のアドレスも登録しておいてあげたよ」

男の子は手際よく私の携帯をいじりながら言った。

「メールなんてしませんよ」

私はそう言いつつも、何か手がかりがあるかもしれないと彼のアドレスを確認した。だけど、1224という数字の後に、意味のないアルファベットが並んでいるだけだった。

「1224って何なんですか？」

「あれ、さくらは知らないの？　十二月二十四日は世界が開けるきっかけになった日だよ」

私の問いに、男の子はにこりとした。世界が開かれた日ってなんだろうとまじめに考えて、私は拍子抜けした。十二月二十四日はキリストの誕生前夜だ。

「なんだ、クリスマスイブじゃない」

「まあ、そう呼ぶ人もいるけどね」

と男の子はいつものようにご機嫌に笑っていた。

「本当に来たんですね」

アパートに着くと、前にはスーパーの袋を二つも抱えた男の子が立っていた。

「もちろん本気。兄に二言はないのさ。さ、お腹すいた。早く作ろう」

男の子はいつもの調子でするすると部屋に入り、当たり前の顔で台所に向かった。この人の何も構えない自然さには感心する。

「何、作るんですか？」

食材は連絡されたけど、献立は聞いていない。私が尋ねると、

「定番そうで、意外に作ったことない料理にしようかと。しかもあの団子屋が好きそうなやつ」

と男の子は得意げに袋から食材を出してきた。予告していたもの以外にも、豆腐や長ネギが調理台に並ぶ。

「山田さんの好みも勝手に決めちゃうんですね」

「兄なんだから当然。そもそも団子屋に好き嫌いなどないだろうけどな」

男の子は兄妹だから置いておく場所が一緒だとか言いながら、棚をあさりはじめた。本当に一緒なのか、収納場所はどこの家庭でもだいたい決まっているものなのか、男の子は鍋《なべ》やら調味料やらを出してくる。

「さあ、さくらも手伝って」

男の子は腕まくりすると、「今日は時間がないからまずは高速で砂抜きしなきゃ」とお湯にアサリを突っ込んだ。どうやら本当に料理教室が始まるようだ。私も手を洗って、エプロンをつけた。

「えっと、まずは鰯を煮付けにする。あの姑《しゅうとめ》より柔らかく煮てやるんだ。見とけ、姑。さあ、さくら、鰯を下ごしらえして」

男の子は一人で対抗意識を燃やしているけど、お義母さんは煮物の柔らかさを嫁と競

うようなちっぽけな人ではない。私は鰯の腹に包丁を当てながら、

「お義母さんはこんな勝負するような人じゃないですけど」

と反論した。

「そうだといいけどねえ。って、さくら、鰯に包丁はないだろう」

狭い台所は、二人並ぶと身動きが取れない。流しの隅のほうで鰯の腹に包丁を入れようとした私に、男の子はぎょっとした声を上げた。

「そうですか？」

「そうだよ。鰯はデリケートな魚なのに、刃物を見せるなんて恐ろしい。手で処理しないと。ほら、こうやってお腹から内臓出して。あの姑に気づかれないでよかった」

私の母親だって鰯くらい包丁で調理する。若いくせに男の子は古めかしい。

「きれいに洗ったら鰯を鍋に突っ込んで、梅干としょうがと砂糖としょうゆと……、あとは、さくらお茶淹《い》れて」

「お茶飲むんですか？」

私が訊くと、男の子は吹き出した。

「まさか。鍋に入れるの」

「そうなんだ」

「お茶で鰯を煮ると臭みもとれて、骨が柔らかくなるんだ。梅干だけで満足していた姑よ。恐れ入ったか」

男の子は一人で高らかに言うと、「鰯が煮えるまでちょっと休憩だな。あ、さくらはキャベツちぎっておいてね」と食卓の前に座って余ったお茶を飲み始めた。まったくこの人はいつだって自由気ままだ。私はため息をつきながら、キャベツの下準備にかかった。

「それにしても、どこで料理覚えたんですか？」

私は男の子の指示どおり、キャベツを一口大にちぎりながら訊いた。鰯の下処理や煮かたを知っている男の子はそういないはずだ。

「どこでってこともないけど。まあ、家にいる時間が長かったからかな。母親が料理するのをよく見てたし」

「それでこんなにできるって、すごいじゃないですか」

「たまに手伝うこともあったからね」

「いい子だったんですね」

「さあね。さ、それより、そろそろキャベツを調理しよう」

私が褒めるのをさっさと流すと、男の子はそう言って立ち上がった。

「キャベツはワイン蒸しにするんだ。鰯の煮物で、さくらさんって古風な料理も作れるのねと思わせておいて、キャベツとアサリはちょっとだけ洋風にする。これで、姑もぎゃふんさ」

「お義母さんはいい人ですけどね」

私はもう一度念を押した。

男の子はキャベツとアサリを皿に並べると、白ワインをかけてそのまま電子レンジに入れた。

「レンジでできるなんて簡単ですね」

「だろ？　お茶で煮物を作っておきつつ、レンジを使うのがポイントなんだよ。昔ながらのものも活用できることをアピールしておけば、この後電子レンジをガンガン使っても、姑に今の人ってすぐに機械に頼るのねと言われなくて済むだろう」

「お義母さんもレンジくらい使いますよ」

男の子の姑のイメージはかなり古い。私は言っても無駄だろうと思いながらも、一応事実を告げた。

「そうかなあ。お、できてきたよ」

男の子は出来上がったキャベツとアサリにバターを載せ、鰯に刻んだ長ネギを添えた。

これも「最後までぬかりがないわね」と姑を感心させるポイントらしい。そのくせ、面倒になったようで、豆腐はただの冷奴となった。

鰯の煮物とアサリとキャベツの蒸し物と冷奴。夕飯はかなりの手際のよさで出来上がった。料理教室で作るもののようなおしゃれさはないけど、どれもおいしそうだ。

「それにしてもずいぶんな量ですね」

「四人前で作ったからな」

どうして二人なのに、倍の量を用意したのだろう。もしかしたら、私を入れた山田家分で作ってくれたのだろうか。男の子は意外に気が利くのかもしれない。けれど、そんなことより、鰯からもアサリからもいいにおいがして、早く食べたかった。

「とにかく食べましょう」

私たちはおかずを運んで食卓に着き、「いただきます」と口のすぐ前で手を合わせるしぐさが一緒なのを二人で笑うと、すぐさまおかずを口に入れた。

「かなりおいしいかも」

私は感動の声が出た。キャベツはアサリのうまみをしっかりと吸い込んでいるし、鰯もしんなりと柔らかくて骨も臭みも気にならない。

「だろう。これで団子一家も真っ青だ」

男の子の言うとおり、鰆のパイ包みよりは、お義母さんもお義父さんも喜びそうだ。

「おにいさん、本当に上手ですね。こんなの作れるなんて」

私が素直に言うのに、男の子は顔をしかめた。

「さくらさ、お兄さんって呼んでくれるのはありがたいけど、お兄さんのイントネーションおかしいから。なんていうか、さくらのは藤井さんとか松井さんとか、苗字《みようじ》のイントネーションだ」

男の子は不服そうだけど、それは当然だ。十二歳も年下の男の子を、本気でお兄さんと呼べるわけがない。他に呼び名がないから、便宜上「おにいさん」と呼んでいるだけだ。

「名前を教えてくれないから、おにいさんと呼んでるだけで、それはしかたないです。でも、料理はすごいかな。おにいさん、手品もできるし器用なんですね」

「そうだろう。ついでに言うと、手品だけじゃなくて、僕、物まねもフラフープもできるし、なぞなぞもクイズもたくさん知ってるんだ」

すぐに機嫌を直すと、おにいさんは嬉しそうに言った。

「すごいじゃないですか。いつ結婚式に呼ばれてもいいように？」

「まさか。僕は結婚式で出し物をするのが趣味なわけじゃないよ。小学生の時に覚えたんだ」

「どうして？」

そんな芸の習得に必死になっている小学生などいるだろうか。私が訊くのを「どうしてってこともないけど」とかわすと、男の子は部屋を見渡した。

「それより、あの団子屋もここに来たことあるの？」

「いえ、ないですけど」

茶碗《ちゃわん》や食器は何人か分あるけど、山田さんのためにそろえたものではない。母親や妹は来たことがあるけど、山田さんはこの部屋に入ったことはなかった。

「やっぱりな。なんとなく男っ気のない部屋だと思ったんだ。お互いの家を行き来もせずに結婚しちゃうんだ」

「山田さんの家には、週二回行ってますけどね」

「それ、手伝いだろう？」

「でも、見合い結婚みたいなものだし、そんなもんじゃないのかな」

「そうなんだ。恐ろしい」

男の子は身震いするように首を横に振った。

「大丈夫ですよ。無駄を省いて手っ取り早く進めてるだけで、何も困ってないですから」

私は大げさな男の子の姿に笑いながらそう言った。最近の困ったことと言えば、突然のお兄さんとやらの出現ぐらいで、結婚を控えて他は順調だと言える。

「ふうん。さくらと団子屋って、デートとかしないの？」

「最初の頃に何回か食事に行ったり映画に行ったりはしたかな」

「映画ね。いかにも団子屋らしいな」

男の子は知ったように言った。

「だいたい、おにいさんはどうしたら結婚に納得なんですか？」

「そうだな。お兄ちゃんがどう言ったたって私は結婚したいのとか、お兄ちゃんがどう思ったたって私は団子屋が好きなんだくらいの勢いはほしい」

男の子は目をキラキラさせながらそう言ったけど、結婚に向けてただ流れに従っているようなもので、私と山田さんに勢いは皆無だ。

「そんな言葉を言う日は、いくら待っても来ないですよ」

私がそう言うと、男の子は「結局、僕は密かに幸せを祈ることしかできないんだけどね」としおらしい顔をして見せた。

誰よりも十分にこの結婚に参加しているではないか。私はそう言いたいのを我慢して、いろんなものを吸い込んで柔らかい味のする鰯をほおばった。

8

「すみません、忙しいのに。おにいさんがどうしてもって」

「いえいえ。親父もお袋もさくらさんと出かけるって言ったら、喜んでましたから」

五月の連休の真ん中、おにいさんの強引で身勝手な提案で、ダブルデートが敢行されることになった。こないだ料理を教えてもらった時に、おにいさんが、「そうだ、ゴールデンウィークなんだから、団子屋とみんなでデートしよう」と厄介なことを思いついてしまったのだ。

「いつもお兄さんに店に来てもらっていても、作業場にいてちゃんと話せてないしいい機会です」

「いい機会になるといいですけど……」

「お待たせ」

アパートの前で山田さんと話していると、遅れておにいさんがやってきた。ジーンズにTシャツという思いっきりラフな格好をしている。

「お兄さん、どうも」

山田さんが軽くお辞儀をするのを、おにいさんは「誰かと思ったら団子屋か。白衣じゃないと違う人みたいだよ」とまじまじと眺め回した。

「そうですか？　お兄さんは学生みたいですね」

「よく言われる。団子屋も、うーん、まあ、ほんのわずかだけど白衣よりは若く見えるかな」

「そりゃ、ありがとうございます」

おにいさんの馴れ馴れしさは十分知っているけど、山田さんまでがおにいさんのことをためらいもなくお兄さんと呼ぶのに私は驚いた。名前も知らないおにいさんと、あっさり打ち解けている。

「おにいさん、あの、一人？」

私は辺りを見回してみた。おかしなことにおにいさんしかいない。

「うん、さくらには誰かが見えるの？」

「いいえ。おにいさん、ダブルデートって知ってる？」

「知ってるよ。ダブルでデートするんだろう」

「ダブルって、おにいさん一人じゃない」

「うん。だめなの？」

「だめなのって、これじゃ、私たちのデートにおにいさんが勝手についてきてるだけだけど？」

「まあいいじゃん。ね」

おにいさんは山田さんに言って、すっかりおにいさんのペースに乗せられている山田さんも「そうですね。三人なのも楽しそうですね」とうなずいた。

「さあ、どこ行こっか？　僕抜きで行き場所考えたりした？」

おにいさんは私と山田さんの顔を見たけど、張り切っているのはおにいさんだけだから、行く場所は考えていない。私と山田さんが「特にないですけど」と言うと、待っていたかのようにおにいさんは目を輝かせた。

「だったら、遊園地に行こう。僕、こっちに出てきてからずっと行きたいと思ってた遊園地があるんだ。車がなくてなかなか行けなかったんだよね」

おにいさんはそう言って、さっさと山田さんの車に乗り込んだ。なんて図々しいんだとため息をつく私の横で、山田さんは親戚の子どもでも見るかのように「そうしましょうか」と微笑んだ。

「ねえ、団子屋って忙しいの？」

車が走り出したとたん、おにいさんは後部座席から前に身を乗り出して山田さんに質問を浴びせた。

「ちょうどいいくらいです。うちは家族だけでやってるからバタバタしてますけど、忙しいと言うほどではないんですよ」

「へえ。でも、休みって一週間に一日だけだろう？　しかも平日。なかなか遊べないじゃんね」

「そうですね。お兄さんはあちこちによく出かけるんですか？」

おにいさんより十四歳も年上の山田さんは、おにいさんのことをお兄さんとしてごく普通に対応している。おにいさんを目の前にして、何の疑いもないのだろうか。そう言えば、一緒に出かけた時も、山田さんは募金や署名を呼びかけられては、「そりゃ大変ですね」と真に受けて協力していた。山田さんには猜疑心《さいぎしん》というものがないのかもしれない。

「どうだろう。働き出してからはなかなか出かけられないな。最近はさくらのアパートに通うのと団子屋の偵察にあけくれているから、時間もなくて」

「お兄さんもいろいろ大変なんですね」

「そうなんだよ。妹の結婚準備に振り回されてる」

「おにいさん、少しおとなしくしてたら？」

どこまで好き放題言うのだと私が振りかえって注意をすると、おにいさんは、

「どうしてさ。こんな機会滅多にないじゃん。もう訊きたいこと全部訊くからな」

と膨れた。

「訊きたいことって何よ」

どうせよからぬことを言うのだ。私がにらみつけるのに、「どうぞ。何でも訊いてください」と山田さんはにこやかに言った。

「そうだなあ。そうだ。ずっと気になってたんだけど、団子屋って毎日団子作ってるだろう？　それで、それを食べるじゃん。それって飽きないの？　僕、大学の時、ピザ屋でバイトしてたけど、今でもその時の後遺症でチーズが食べられない」

「同じ質問をさくらさんにもされました。でも、和菓子って意外に飽きないんですよ」

山田さんは楽しそうに言った。

「へえ。そういうもんかな。そういや、僕も一晩で大福八個も食べられたもんな。団子屋のところの餡子って、ぼそぼそしてないから食べやすいよ」

「それはどうも」

おにいさんに褒められて、山田さんは声を弾ませた。

私は二人の会話に耳を傾けながら、外を眺めた。少しだけ開けた窓からきれいな日差しとひんやりした風が入り込んでくる。梅雨になる前のとてもきれいな季節だ。

「今の季節って最高だよね。冬の名残りも夏の気配もない正真正銘の春って感じ」

おにいさんはそう言って、窓の開きを大きくした。おにいさんは前も春の夜空をじっと見上げていた。よっぽど春が好きなのだろう。そういう私も春になると心が弾んだ。うまくいくかいかないかは別にして、四月になればまた新しい時間が始まっていく気がする。

「でも、さくらが結婚する時はよくないねえ。六月の後半だっけ？　梅雨だし、夏の気配がずけずけ入り込んでるしなあ。よりによってどうして六月にするの？　六月なんて来る人も足元の悪い中迷惑だ」

「いろんなことがそろうのが六月なの。ただ食事会をして籍を入れるだけで、別に式を挙げるわけじゃないから何月でもいいじゃない」

私がうんざりしながら言いかえすのをおにいさんはまったく聞かず、

「あ、見えてきた！　観覧車にジェットコースターだ」

とはしゃぎはじめた。この人には自分のペースしかないようだ。

「何から乗ろうかな。どれも混んでそうだなあ」

「お兄さんは遊園地が好きなんですね」

と山田さんが車を停めるとすぐに、

「僕、遊園地初めてなんだよ。わくわくしちゃう。さあ、行こう」

とおにいさんは車から飛び降りた。


連休中の遊園地は子どもも連れや恋人たちでぎっしりと混んでいた。息が詰まりそうな園内を、おにいさんは「次はこっち」と私たちをひっぱった。おにいさんは段取りと要領だけはいい。だけど、いざ乗り物に乗るとなると「奇数ってよくないな。僕、慣れてないから一人で座るのは無理だ」とわがままを言っては、私や山田さんの隣に座った。おにいさんは初めてだというだけあって、お化け屋敷では本気で悲鳴を上げ、ジェットコースターでは「もう僕は死ぬのかもしれない。さくら今までありがとう」と不吉なことを言った。そのくせ一つ乗り終わると、また忙しく移動しては、持ってきたカメラで私たちを撮って嬉々《きき》としていた。

そんなおにいさんに振り回されて、遅めの昼食をとる時には私はすっかり疲れていた。

「こういう施設の中の食べ物って、おいしくないのに高いんだねえ。さくら、弁当とか作ってくれればいいのに」

おにいさんはぶつぶつ言いながら、ハンバーガーとポテトを口に入れた。確かにハンバーガーもポテトも冷たくて油のいやな味がする。

「弁当って、今日どこに行くかすらわからなかったでしょう」

そもそも弁当など作らないけれど、私はそう反論した。

「それもそっか。そうだ、団子屋はさくらの作ったもの、食べたことある？」

「そういえば、ないですね」

「さくらは団子屋の和菓子は食べるのになあ」

「今頃、忙しいだろうな」

和菓子のことが話題に出て、私はぼそりとつぶやいた。明日はこどもの日だ。きっと今日から柏餅《かしわもち》やらちまきやらを買う客がたくさん来ているはずだ。

「大丈夫ですよ。行事の時は決まったものしか売れないから、かえって楽なんです」

山田さんは心配する私に言った。

「そうですか？」

「ええ。柏餅さえ作っておけばいいんですから、親父とお袋で十分ですよ。さくらさんは気にしないでください」

「そうだそうだ。どうして、こんなところまで来て団子屋のこと思い出さなくちゃいけないんだ」

山田さんが気遣うのに、おにいさんは思いっきり不満を漏らした。

「こんな楽しいところまで来て、団子のこと考えるなんて悲劇だ。この先さくらはどこへ行っても、団子のことを気に病まなくちゃいけないの？　買い物すれば今頃おはぎが、映画観れば今頃みたらしがなんて思いながら人生送るなんて、もう不幸すぎる」

「別に気に病んでないよ。っていうか、おにいさんが勝手に人のことを気にしすぎなんだよ」

いちいち大げさなことを言うおにいさんに、私は言いかえした。

「兄なんだからさくらの結婚後のことまで気にしてやってるんじゃん」

「世の中ではそれを余計なお世話って言うんだよ」

私の語気がついつい強くなるのに、

「まあまあ、兄妹げんかはやめてください。こんな楽しい場所で言い争うなんてもったいないですよ」

と山田さんがなだめた。

兄妹げんか？　その言葉に私は思わずきょとんとした。さすがのおにいさんもほんの少し目をぱちくりさせている。山田さんは完全に私たちを兄と妹だとみなしているようだ。

「さあ、次、何乗りますか？」

山田さんは不思議そうな私たちを気にもせず、遊園地のマップを広げた。おにいさんは私に肩をすくめて微笑んでから、

「うーん、そうだな。あ、あのでかいやつに乗ろう。あれなら三人でも乗れるから」

と観覧車を指差した。

「おお、みんなが豆粒のようだ。いや、これは豆でも小豆だな」

おにいさんが観覧車から地上を見下ろして言うのに、山田さんは「気を遣っていただかなくてもいいですよ」と笑った。

観覧車はゆらゆら揺れながらじっくり時間をかけててっぺんまで上っていく。空の色は淡くて、窓に反射する太陽の光がキラキラしている。

「おにいさんは観覧車にも乗ったことないの？」

私は、窓にぺたりと額をつけて景色に見入っているおにいさんに訊いた。

「遊園地に行ったことがないんだから、当然だろう。でも、観覧車はいいなあ。化け物も出てこないし、突然猛スピードにもならないし。平和だ」

「おにいさん、びびりだもんね」

「だよなあ。僕としたことが、いちいち遊園地の思惑にはめられてしまった。次回来る時にはもっと果敢に立ち向かうよ」

「また来るんだ」

「たぶんね。よし、てっぺんに来たから、写真撮らなきゃ」

おにいさんはそう言って、私と山田さんにカメラを向けた。これで何枚目だろう。おにいさんは始終シャッターを切っているから、もう数十枚は撮っているはずだ。

「よし。二人ともいい顔してるよ。って、あれ、もしかして僕って邪魔？」

今までずっと平気で私たちの間に割って入っていたおにいさんは、並んで座る私と山田さんを眺めてそう言った。今になってよく言うものだと私は顔をしかめたけど、山田さんは「そんなことないですよ」とおにいさんに穏やかに答えた。

「今日はお兄さんがいたから、遊園地に来られたしさくらさんとも出かけられたし。お兄さんがいてよかったです」

「そっか。まあそうだよなあ。妹のために当然のことをしたまでだよ。まあ、気を遣わなくていいよ」

おにいさんは偉そうに言った。

「おにいさん、社交辞令って言葉を知ってる？」

「知ってるよ。さっき、僕が豆を小豆に言い換えたようなものだろう」

「まあまあ。ほら、あそこにさっき乗ったジェットコースターが見えますよ」

私が文句を言う前に、山田さんが窓の外を指差した。


「お兄さんはサービス精神旺盛《おうせい》ですね」

山田さんは、帰りの車で熟睡しているおにいさんをミラー越しに見ながら言った。

「そうでしょうか」

「そうですよ。ガイドブックまで持ってきてるなんて。きっとみんなで楽しめるようにいろいろと考えてくれてたんですよ」

後部座席には、今日行った遊園地が特集された雑誌が転がっている。「必勝！　アトラクションを効率よく回る方法」。私は雑誌を取り上げてパラパラめくってみた。観覧車以外は、雑誌のアドバイスどおりだ。

「結局はおにいさんがひとしきり遊んだだけですけどね」

「でも、久しぶりにこういうのも楽しかったです」

「私もです」

私はおにいさんの健やかな寝息を聞きながらうなずいた。

大人になってから行くことはなくなっていたけど、山田さんとおにいさんとめぐる遊園地は楽しかった。心地よい疲れが体にやってくるのを感じながら、私はゆったりと暮れていく春の空を車から見上げた。

9

「いいねえ。さくらと団子屋、あたかも恋人のように見えるよ」

「おにいさん、どの写真もピースしているじゃない。子どもみたい」

四人前のマーボ茄子《なす》と鰆の甘酢あんかけと卵とトマトのスープを食べながら、私たちは遊園地の写真に見入った。

連休中におにいさんと会ったから、一回飛ばされるのかと思っていたら、次の日曜日、いつもどおりしっかりとおにいさんの料理教室は開催された。おにいさんはいい加減に見えて計画通りに動くようだ。

「それにしても、おにいさん、いったい何枚撮ったの?」

私は大量に重ねられた写真の束を手に取った。

「驚いたことに、八十枚以上。僕、カメラマンの素質もあったんだね」

「何でもかんでも撮るからだよ」

おにいさんの写真がすごいのは枚数だけで、その中身は見知らぬ子どもやただのベンチまであって散々だった。

「おにいさんは何でも珍しいんだね。こんなものまで撮るなんて」

私はフライドポテトの写真を見て笑った。

「こんなの誰だってびっくりだよ。ポテトが三百五十円だよ。芋だよ芋。信じられる？　団子屋の大福だって九十円なのに。特殊な芋でも使ってるのかな。いや、ああ見えてフランス人シェフが揚げていたのかもしれない」

「行楽地は何でも高いんだよ。おにいさんはあんまり出歩かないの？　私でも大学生の時、遊園地とかよく行ったけど」

おにいさんはところどころ無知だ。あちこち遊びまわっていそうに見えるのに、遊園地も初めてだと言っていた。

「一時鎖国してたからな」

「鎖国？　おにいさんが？」

「そう。籠城《ろうじょう》してたんだ」

「何それ」

「部屋にこもって勉強ばかりしてたってこと。そんなことどうでもいいや。それより、まだスープおかわりあるよ」

おにいさんは私の質問を適当にやり過ごすと、卵スープの入った鍋を持ってきた。だけど、私のお腹はいっぱいで、もう何も入りそうもない。

「今日はいつにも増して量が多いね」

「中華ってたっぷり食べないと食べた気しないじゃん」

いつだって大量に食べるくせに、おにいさんはそう言った。おにいさんは女の子みたいに細いのに、かなりの大食いだ。

「それにしても、二人で四人前はきついな。中華は味も濃いし」

「でも、中華って便利なんだよ。オイスターソースさえ入れておけばそれっぽい感じになるし、何より失敗した時に言い訳しやすいしな」

おにいさんは自分の皿にスープを注ぎながら言った。

「そうなの？」

「そう。変な味になったとしても、あ、ちょっと本格的過ぎましたねって言っておけば、あの姑も、まあそんなもんかなって思うだろ？」

おにいさんは今回の料理中にも、お義母さんにあれこれ対抗意識を燃やして、一人で張り切っていた。

「何回も言うけど、お義母さんはいい人なんだよ」

「そりゃ今はさくらを団子屋の一味にしようと必死だからさ。これが一味になったとたん……。ああ、想像するのも恐ろしい」

おにいさんは大げさに体を震わせた。

「お義母さんは私が団子屋の一員になったとしても変わらないよ」

「さくら、自信があるんだね」

「まあね」

山田さんのお義母さんは、初めて会った日に、「面倒な一切のもろもろをさっさと決めちゃいましょう」と私に言いわたした。世の中、情報が出回りすぎて動きにくいでしょう? 最初からお義母さんと呼ぶのは失礼だとか、最初に彼の実家に行く時はエプロンを持っていけだとか。マナーだとか常識だとかって決まってそうで、人それぞれまちまちでややこしいじゃないと。

「私たちのことはお義母さんお義父さんって呼んでちょうだい。呼び名をころころ変えるのはわずらわしいし。エプロンはダサいけど、うちの店のを使って。結婚式に関しては完全にさくらさんに任せるわ。さくらさんが主役なんだもの。派手にやろうが、地味にやろうが、何でも従う。とにかくうちは仕事やめて来てくれるなんて、万々歳なんだから。本気でありがたいと思ってる。それが全部よ」

もちろん、他人だから気は遣う。だけど、お義母さんが先にそう言ってくれたおかげで、私はどう振るまうべきかを必要以上に考えなくてよかった。

「家族が増えるのって、面倒でしょ？　でも、山田さんの家族は別にいいかなって思えたんだ」

「何それ？」

おにいさんは作った責任上か、卵スープをせっせと飲みながら訊いた。

「今まで好きな人ができてそれなりに付き合ったこともあったけど、でもこの人の家族が自分の家族になっていくと考えると面倒だなって気持ちがぬぐえたことは一度もなかったんだよね」

「そんなもんかな」

「そりゃそうだよ。だって親戚が倍になるんだよ。お盆と正月しか会わないにしても厄介だよ」

私もがんばって少し卵スープをおかわりした。お腹がいっぱいでも、トマトが入っているスープはさっぱりしていておいしい。

「それを言うなら、団子一家は正月どころか、毎日朝から晩まで付きまとってくるんだぜ。それこそ面倒じゃないの？」

「私がもういい大人になってるというのもあるけど、山田さんのお義母さんとお義父さんと会った時、わずらわしさはまったく感じなかったんだ。この人たちとならなんとかやっていけるって思った」

「それが結婚の理由？」

おにいさんはスープを飲み干して眉をひそめた。

「そうでもないけどそれもある。まあ、妥協じゃないけど、妥当なところで結婚するのかな」

山田さんのお義母さんもお義父さんも、私を当たり前のように受け入れてくれた。家族というほど強いつながりがあるわけではないけど、外から来る人ではなく、ここにいるべき人だと私のことを見てくれている。それはとてもありがたいことだ。

「そうだ、今日は山田さんの店でおはぎもらったんだ。おにいさん食べる？」

「えー。お腹いっぱいだし、どうせ残りもんだろう」

おにいさんは文句を言いながらも、お茶を淹れる準備を始めた。食器棚から急須《きゅうす》を出して、流しの上の棚から茶葉の入った缶を出してくる。ポットの再沸騰ボタンを押して、お湯が沸くまでの間に食べ終えた食器を流しに運ぶ。ここで一緒に食卓を囲むのは、三回目。すっかりおにいさんはこの台所になじんでいる。

「僕はさ、さくらが妹になった時、わくわくしたよ。うん。やっぱり嬉しかった。妹でも弟でもどっちでもいいからきょうだいがほしかったし、さくらが来た時はすごく新鮮な気持ちになった」

おにいさんはお茶を注ぎながらそう言った。

妹になった時。ということは、私は途中からおにいさんの身内になったのだ。それはいつのことだろう。どうして私はおにいさんのところへ行ったのだろう。そう考えると、何かにぐっと近づけそうになった。でも、その分、私の頭の中は締めつけられるように固くなる。開かれるのを拒否するように、頭の奥は扉を閉ざしてしまっている。

「あ、きな粉ばっかりだ。僕、おはぎは断然きな粉が好きなんだよね」

パックを開けたおにいさんが嬉しそうな声をあげた。お義母さんは残ったものの中から、いつも私が好きそうなものを選んで詰めてくれる。

「ねえ食べようよ」

もう口の中をおはぎでいっぱいにしたおにいさんが言った。

「そうだね」

私もおにいさんもきな粉が好きで、春が好き。いただきますの仕方も食器の片づけ方も似ている。そんな些細《ささい》な共通点がいくつかある。昔のことをわざわざ掘り出して明らかにしなくても、それでいいのかもしれない。

10

おにいさんが撮った写真を春日庵に持っていくと、みんな仕事の手を止めて写真の周りに集まった。ごく普通の遊園地の写真を、お義母さんもお義父さんもことのほか喜んでくれた。

「まあいいじゃない。哲生とさくらちゃん、まるで恋人同士のようじゃないの。とても楽しそう」

お義母さんは次から次へと写真をめくりながら、そう言った。おにいさんも、私と山田さんのことをあたかも恋人のようだと言っていた。結婚をする私たちは、恋人同士ではないのだろうか。

「本当によく撮れてるわ。あれ？　この人は？」

お義母さんは誰よりもはしゃいで写っているおにいさんを指した。

「この人は、さくらさんのお兄さん。年下だけどね。ほら、前によく和菓子を買いに来てた男の子だよ」

「どうりで見たことあると思った。お兄さんって、親戚なの？」

「ああ。とにかくさくらさんに似た感じのいい人なんだ」

山田さんが私の答える前に簡単におにいさんの説明をしてくれて、

「へえ。すてき」

とお義母さんもすんなり納得してくれた。お義父さんも「みんな、楽しそうで何よりだ」とうなずいている。

山田一家のおおらかさに、年下のおにいさんが突然現れるぐらい、さほど奇妙なことでもない気がしてしまう。私まで、最後にみんなでと出口で撮ってもらった写真を、

「これが一番よく撮れてるんです。ほとんどおにいさんが撮ってくれてたから、三人なのは一枚しかないんですよ」と説明していた。

「五月になったから水饅頭《まんじゆう》を出したの。今年は暑くなりそうだから、少し早めにと思って」

ひとしきり写真を眺め終わって店に出ると、お義母さんが言った。店頭に並べられた水饅頭は、透明な葛《くず》に餡が透けていて、見るからに喉越《のどご》しがよさそうだ。

「涼しそうな和菓子ですね」

「そうよ。水饅頭と冷たい緑茶があれば、暑さを忘れられるわよ」

「とうとう夏が来てしまうんですね」

和菓子は一足先に季節を迎えてしまう。涼しげな水饅頭に、私は思わずそう言っていた。

「夏って、まだ五月だけどね。もしかしてさくらちゃん、もうすぐ結婚だと思うと気が重い？」

お義母さんがからかうように言うのに、「いいえ」と私は首を横に振った。単純に今の季節が終わるのを惜しんだだけだ。

「気を遣わなくていいのよ。哲生と結婚しなきゃいけない上に、和菓子屋の店員にもならなきゃいけないいんだもん。二重苦よね。気が重くて当然」

「二重苦って……。お義母さんはそうだったんですか？」

お義母さんの言い草に、私は吹き出しながら尋ねた。

「どうかな。私とお父さんは長い間付き合って結婚したから二重苦ではないけど、それでも和菓子屋に嫁ぐのかと思った時はげんなりしたわ。どうせなら、もっとハイカラなのがいいじゃない？　パン屋とか洋服屋とかさ。和菓子屋なんてぱっとしないもの。そう思わない？」

お義母さんの開放的なところは、いつも私を安心させてくれる。姑になる人なのに、心のどこかにすっと風を通してくれる。

「まあ、そうですね。でも、私は和菓子好きなんですよ」

お義母さんが「本当に？」と疑わしげに言うのに、私は「本当です」とうなずいた。

私も少し前まで圧倒的にシュークリームやチーズケーキのほうが好きだった。そもそも和菓子を食べることもあまりなかった。だけど、和菓子のしつこさがないほんのりとした甘さは、いつ食べてもおいしいと思えた。

「さくらちゃんが和菓子好きでよかったわ」

「お義母さんは嫌いだったんですか？」

「そうよ。餡子なんてもう苦手もいいところ」

お義母さんは肩をすくめた。

「意外ですね」

「そりゃもう、お父さんのために必死で餡子を克服したわよ。まさに涙ぐましい努力だったわ」

お義母さんはそう言って、朗らかに笑った。

餡子か。進むべきところには、意外なものが立ちはだかったりするものなのだ。もし私が和菓子を嫌いだったら、わざわざ山田さんと結婚しただろうか。餡子を乗り越えてまで、山田さんのところへ行こうと思えただろうか。残念ながらそれはない気がする。たまたま和菓子が苦手じゃなくて、たまたま山田さんがいい人で、環境も整っていた。何の決め手もなく、たぶんそれだけで私は結婚してしまうのだ。

それを思うと、急に漠然とした不安がかすめた。こんな緩い決意で舟を出して大丈夫なのだろうか。これは漕《こ》ぎ出してもいい舟なのだろうか。海に出てから自分では漕げないと気づくことにはならないだろうか。もう途中で櫂《かい》を放すようなことを、するわけにはいかない。


「お義母さんもまるで恋人同士のようだと言ってた」

家に帰った私は、なんとなくおにいさんにそうメールを送っていた。おにいさんが料理の食材を知らせる以外に、私たちがメールを使うことはない。でも、ふとしたことを漏らすのには、おにいさんがちょうどいいように思えた。結婚に向かう今の私の状況を一番知っているのはおにいさんだし、おにいさんなら何を話しても深刻にはならないはずだから。

しかし、なんていうメールだ。私は自分の文章を読み返して眉を寄せた。これで意味が通じるわけがない。遊園地で撮った写真を見せたら、お義母さんがおにいさんと同じように、山田さんと私のことを恋人同士のようだと言っていて、なんだかひっかかったんだ。そう打ち直そうとしていたら、おにいさんから返信が来た。

「いかにも恋人みたいよりいいんじゃない？　お義母さんと僕、似たところがあるからね」

ちゃんと通じてるんだ。そして、思ったとおりの的外れなおにいさんの答えに、ほっとした。

「おにいさん、いつもお義母さんのこと目の敵にしてるのにね」

「僕とお義母さんは、ライバルであり仲間であり同志だからね」

おにいさんのメールは、話すのと同じようにいい加減で笑えて、私のメールを打つ手はついつい進んだ。

「でも、おにいさんにならまだしも、お義母さんにまでまるで恋人同士みたいに見えるって、よくないよね」

「まあ、あと一ヶ月もあるんだから、ほっといてもいろんなことが定かになってくよ」

「いろんなこと？」

「そう。今のさくらの周りは春の空みたいにふんわりしてるから」

自分自身の気持ちに、山田さんのことに、おにいさんが誰かということ。今私を取り巻いているぼやけたものが、一ヶ月で明るくなったりするのだろうか。一ヶ月後には、はっきりと次へ向かっているのだろうか。

「一ヶ月しかないのに大丈夫かな」

「一ヶ月もあれば十分。それだけ時間があれば、僕だったら新しい手品を三つは身につけられるよ」

おにいさんの言うことは、どれもどこかとぼけている。でも、明確に言葉にしなくても、おにいさんは答えを返してくれる。今のぼやけた不安が姿をくらませるのには、それで十分だった。

11

「さくら、そわそわするのやめてくれる？」

「どうしてだろう。こういうのって、わくわくしてしまう」

私たちはテラス席でコーヒーを飲みながら、おにいさんの彼女を待った。先週料理を教えてもらった後、おにいさんの彼女の話になり、今度はおにいさんのデートに私がついて行くことになったのだ。

「初めて来たけど、この駅の周りはおしゃれな店が多いんだね」

私は辺りを見渡した。彼女の家の近くだという駅前は、オープンカフェやかわいいケーキ店が数軒並んでいる。五月も半ばに入った昼前は、明るい日差しが注いで、街並みも一段ときれいに見える。

「そうだな。ここら辺は便利で住みやすいって、彼女も言ってたな」

「そうなんだ。彼女、早く来ないかな。妹のだんなさんに初めて会った時もどきどきしたけど、今日はそれ以上に興味津々」

「妹って、すみれさん？」

「そう。私より三つ年下だけど、七年も前に結婚したんだ」

すみれは働きはじめて四年で同じ会社の上司と結婚した。妹が初めて相手を家に連れてきた時は、母親も私も朝から緊張しっぱなしだった。しっかりした頼もしい人だというのがだんなさんの第一印象だったけど、今ではすっかり妹に仕切られている。

「へえ。さくらと違って、すみれさんは結婚が早かったんだね」

「そうだね。っていうか、なんで私は呼び捨てで妹はさんづけなの？」

「そりゃ、さくらは妹だけど、すみれさんは妹の妹ってだけだから」

「妹の妹ってことは、つまり、妹でしょう？」

「そっか」

私たちはややこしさに二人で笑った。

「おにいさんは一人っ子なの？」

「うん。本当は上に二人いたはずなんだけど、二人とも生まれる前に亡くなっちゃって」

「そうなんだ」

そう言えば、おにいさんはきょうだいができれば嬉しいと言っていた。いるはずだったきょうだいがいないのはどんな感じだろう。いないはずのおにいさんが現れるのとは、まったく違う思いがあるはずだ。

「だから僕に対する親からの期待って並々ならないんだよね。もう大変だよ」

おにいさんは肩をすくめながら言った。気のせいだろうか。家のことを話す時、おにいさんの口調は核心に触れるのを避けるように一段と軽くなる。

「期待されるのっていいことじゃない」

「まあそうだね。……あ、来た」

おにいさんがいつもと同じように手を振ると、ふんわりした女の子が少し笑って近づいてきた。淡いピンクベージュのワンピースがよく似合っている。想像したとおりの、こぎれいでかわいい女の子だ。

「あれ？」

おにいさんの前まで来た女の子は、向かいに座る私を見ると、困惑した顔をした。

「妹なんだ」

おにいさんが嬉しそうに私を紹介すると、彼女の表情は一瞬で曇った。

「妹ってこの人が？」

「そう。さくらっていうんだ」

しまった。とんでもないことをしてしまっている。彼女の不審に満ちた顔を見て、私は今になってはっとした。最近家族に対する観念が緩みまくっていて、うっかりしていた。

「ああ、あの、私、親戚なんです。さっき、偶然ばったり会って、で、ちょっと話してて。もう帰りますね。それでは、これで」

私がそそくさと立ち上がるのに、おにいさんは間抜けに、

「え、さくら、どうしたの？　突然よそよそしくなっちゃって奇妙だよ」

と言った。

彼女は怪訝そうに私の頭の先から足元まで眺めている。そりゃそうだ。現在の日本では年上の妹は成立しないのだ。

「あの、本当に関係ないんですよ。妹じゃなくて、妹みたいなもので、と言っても、私たち遠い親戚で、今日会ったのも久しぶりだったんです。だから、もうその……」

「さくら、何しどろもどろになってるの？」

おにいさんは私の慌て具合がおかしいようで、くすくす笑いだした。彼女はそんなおにいさんを疑わしげに見ている。今立ち去ったら余計に怪しまれる。私は逃げ出したくなるのをこらえて、私たちが何も関係ないことを繰り返し弁解した。

「とりあえず、私、帰るから」

私の弁明に耳も貸さず、しばらく私とおにいさんを見比べていた彼女はきっぱりと言った。怒るのは当然だ。全面的に彼女が正しい。

「そんな、いてください。そこでたまたま会ったからいるだけで、私、もう行かなくちゃいけないし、出かける途中だったんです。さあ、座ってください」

私は懸命に彼女を止めて、自分がいた席に座るように促した。その一方でおにいさんは、

「行かなくちゃいけないって、さくらどこか行くの？　用事があったなら最初に言ってくれたらいいのに」

とのん気にカフェオレを飲んでいる。この人はいつも事の重大さを理解していない。私はいらいらしておにいさんをにらみつけた。

「もういいですよ」

彼女は無表情に言い放って、くるりと向きを変えた。私が言い訳したってておにいさんが動かないとどうしようもないのだ。それなのに、私が冷や汗をかいている横でおにいさんは、

「あ、帰るんだ。じゃあ、また」

とさわやかに彼女に手を振っている。いったい何を考えているのだろう。

「じゃあまたじゃないよ。ちょっと、おにいさん追いかけなよ」

「えー。やだよ」

「やだって、何言ってるの？　ほら、早く」

このままだと彼女は本当に帰ってしまう。私はおにいさんの腕を引っ張った。

「だって、まだカフェオレ半分以上も残ってるし」

「そういう問題じゃないでしょう」

「いいんだって。どうせそんなに仲良くなかったから」

「何それ。あの人に失礼だよ」

「じゃあ、今度会ったら、申し訳ないって言うからさ。それでいいだろう？　そんなかっかしないで、さくらも座りなよ」

彼女はとっくに店から出て行ってしまっているのに、おにいさんは気にする様子もなくおいしそうにカフェオレを飲んでいる。おにいさんにまともなことを言っても、通じやしない。私はぐったりと力が抜けた。

「ああ、大失敗だ」

私がつぶやくと、おにいさんは「あんなに怒らなくてもいいのにね」と他人事《ひとごと》のように言った。

「ほんとやれやれだよ。山田さんがおにいさんにあまりに自然に対応するから、このわけのわからない状況を忘れてしまってた。こんなの通用するわけないのに……。私はおにいさんと違って、常識のある大人なのに、こんな簡単な判断もできないなんて最低だ」

私は自分の浅はかさに嫌気がさした。名前も知らない男の子のデートについていくなんて、どうかしている。

「そんな落ち込むなって。さくらは悪くないよ」

「そりゃ、一番悪いのは、明らかにおにいさんだけどね」

「えへへ。団子屋みたいに普通にＯＫしてもらえると思ったんだけどな。さくらに彼女を紹介して、彼女にさくらを紹介して、こないだの遊園地みたいに楽しくなるはずだったのに」

「みんながみんな山田さんみたいに、いくわけないんだよ」

私は当たり前のことに今になって気づいて、ため息をついた。

「団子屋って相当変わってたんだな」

「おにいさんのこと疑いもなく、すぐさまお兄さんって呼んでたもんね」

山田さんは遊園地に行った後も、「お兄さんは元気にしてますか？」と訊いてくれたり、「お兄さんにもこれ」と残った和菓子をくれたりした。

「団子屋はちゃんと僕たちのこと兄妹だって思ってくれてるんだな。ああ見えて、いいとこある」

おにいさんはそう言ってけらけら笑った。

確かに山田さんは少しのことでは動じないおおらかな人ではある。だけど、それだけで見ず知らずの年下の男の子を兄だなんて認めてしまえるだろうか。おにいさんを怪しんだり、私たちがどういう関係なのかを明らかにしたりする気がないのだろうか。

「山田さんはおにいさんの彼女みたいに、熱烈に私のこと思ってないんだよ。だから、おにいさんのこと親戚か何かだろうって、適当に思えてしまえるんだよね」

「なんだよ、さくら。つまんないこと言わないで」

陽気に笑っていたおにいさんは、不服そうな声を出した。

「本当のことを言ってるだけだよ」

「ちっとも本当じゃないじゃん。そうだ、そんなくだらないことどうでもいいや。それより、デートはなくなっちゃったけど、せっかくここまで来たんだしさ、今しかできないことしようよ」

「今しかできないこと？」

「そう。さくらが結婚したらできないこと」

おにいさんはそう言うと、一気にカフェオレを飲み干した。

「こんなことがバレたら、さくら、あの商店街から永久追放だな」

おにいさんは声をひそめた。

「これぐらいだったら、二、三年で許してもらえるんじゃない？　こないだお義母さんだって、シュークリーム食べてたし」

「ばかだなあ、さくら。それは姑の罠《わな》にちがいない」

おにいさんはにやにやしながら、チョコレートケーキに続いてプリンも口に入れた。

おにいさんの彼女にふられてしまった私たちは、二人でケーキの食べ放題へと繰り出した。ホテルのカフェには、きれいに飾られた色とりどりのケーキがたくさん並んでいる。

「最近和菓子づいていたけど、やっぱりケーキもおいしい」

和菓子は心を落ち着かせてくれるけど、華やかなケーキを見ると、どこかうきうきする。私は皿に載せたいろんな種類のケーキを、一口ずつ食べながら言った。

「だろ？　きな粉ばっかり食べてると、喉に詰まるしな」

「それはないけどね。それより、おにいさんと彼女、うまく仲直りできるといいけど」

土曜日のせいか、カフェにはカップルが多い。私はさっきの女の子のことを思い出して、優雅にケーキを食べているのが少し申し訳なくなった。

「心配しなくても、どうせそのうちふられるから一緒だよ」

「なに、そのやる気のなさ」

「やる気がないわけじゃないけど、僕、いつもすぐふられちゃうんだ。自慢じゃないけど、今まで三ヶ月以上持ったことはないな」

おにいさんは悲しそうでもなく、ケーキで口をいっぱいにしたままけろりと言った。

「本当に？　あ、でも、おにいさん、変だもんね」

おにいさんは調子がいいし口もうまいから、女の子とうまくやっていきそうに見える。それが三ヶ月も持たないなんて、やっぱり女の子たちも自分勝手で気ままなおにいさんに振り回されるのは、疲れるのだろう。

「変っていうか、いつもすぐに飽きられちゃうんだ。付き合って一ヶ月もすれば、楽しくないって言われる。ほら、僕って、おもしろみがないだろう？」

おにいさんが真顔で言うのに、私は目をぱちぱちさせた。こんなに奇天烈《きてれつ》な人は、めったにいない。

「僕の取り得なんか、頭がいいところぐらいだからさ」

いつまでも不審な顔をしている私に、おにいさんは投げやりに言った。頭がいいのは初耳だけど、どうやら本気のようだ。

「そうだったんだ……。だったら、飽きられそうになったら、手品披露すればいいじゃない」

私は自分のひらめきに、ぱちんと手を打った。

「そう。おにいさん手品できるんでしょう？」

「手品？」

「まあな」

「それで、手品に飽きられたら、次は物まねをして、その次はなぞなぞを出して、最後は何だっけ？　グラスを倒さずにテーブルクロスを引くんだっけ？」

「そういうことじゃないって、わかってるくせに」

おにいさんは眉をひそめて笑った。

「でも、いろいろできるじゃない。おにいさん、たぶんおもしろいよ」

料理に遊園地。おにいさんのペースに強引に乗せられつつも、私はどこかで楽しんでいる。厄介だと言いながら、心のどこかは弾んでいる。だから、私は名前も知らないおにいさんとこんなふうに時間を過ごしているのだ。

「だけど、僕、実は手品も物まねも人前ではやったことがないんだ。テーブルクロス引くやつは、一人きりでもやらないけど」

おにいさんは重大なことでも打ち明けるようにこっそりと言った。

「じゃあ、何のためにそんなことを身につけたの？」

「何のためっていうか……。僕、頭しかよくない子どもだったんだ。だから、人気者になるにはどうしたらいいかなと思って。それでそういうのを次々覚えただけで……。そのころ小学校で手品もなぞなぞも流行《はや》ってたし」

「おにいさん、人気者になりたかったの？」

「いや、ただ親父の理想の子どもでいたいと思ってややこしく考えてただけ。ほら、僕期待に弱いじゃん？　料理を教えてる時も、さくらにじっと見られると手元が狂っちゃうもんね」

おにいさんはえへへと笑った。深刻になりかけると、すぐにふざけてみせる。だけど、おにいさんが料理中に手間取っている姿など見たことがない。

「そんなにもお父さんは期待を寄せてたんだ」

「僕が歳を取ってからの子どもだからってのもあるし、実質一人っ子だから大事だって気持ちは強かったんじゃないかな」

「それにしても、大きな期待だよね」

興味もないものを身につけていくのは、子どもにとって大変だ。たった一年小学校に勤めただけだけど、それぐらいのことは私にもわかる。小学生が芸の習得に必死になるのだ。頭がいいだけじゃだめだと思ってしまうのだ。その期待は、ただならぬものだったにちがいない。

「まあ、しかたないよ。親父は本当に立派な人で地域でも有名な人格者だったから。周りも僕のこと、あの人の息子だから同じように素晴らしいにちがいないって見てたし。僕はもちろんだけど、親父だってそれにプレッシャー感じてただろうな。自分だけじゃなく息子まで立派にしないといけないんだから。気の毒だねえ、親父。僕は周りから立派な人間だって思われないように、今からしっかりふざけておかなくちゃ。まずはここで歌いだしてみようかな」

おにいさんが軽口を並べるのに、私は「でも、ずっと勉強はがんばったんだね」と声をかけずにいられなかった。自分で思い描いたように生きるのだって困難なのだ。親だとしても自分以外の人の思いに応《こた》えるのは、もっと難しいにちがいない。

「うん、まあ」

「それって、すごいと思うよ」

「ただ、勉強するのが、周りや親父に応えるわかりやすいことだっただけだよ。でも勉強ができるだけじゃだめだって気づいた時、次は何をすればいいのかさっぱりわからなかった。スポーツ万能になることでもないし、品行方正になることでもない。どうしたら、親父やみんなが納得するんだろうと考えてるうちに僕はどんどん陰気なやつになって、どんどん期待どおりじゃない息子になってた」

「だから手品を？」

「そう。もっとみんなに慕われようと、手品や物まねも練習したんだけど、間違ってたよな。だいたい手品を覚えたところで、披露する場を作る力がその時の僕にはなかったし。そういうのやるやつって、最初から人気者の明るいやつなんだよ。僕みたいな暗い沈んだやつが突然トランプ切り出しても怖いだけだもんね」

　おにいさんはまたえへへと笑った。

　それからどうなったのだろう。手品も物まねも披露せず、おにいさんはどうやって今日までの日々を重ねてきたのだろう。今のおにいさんは陰気でもないし、暗く沈んでもいない。他の方法を見つけて乗り切ってきたのだろうか。それともすべてを投げ出してしまったのだろうか。

「僕、軟弱だから、親なんてどうでもいいって飛び出ることもできなかった。結局、小学校からほとんど不登校で、高校は通信制。人に評価されないように、隠れてただけ。でも、安心して。家を離れてからは、ずっとこんな感じで機嫌よくやってるから」

　おにいさんは私が訊く前にそう言った。そして、「僕は手の中を見せたよ」と私の顔を窺った。

「え？」

「僕は話しちゃったってこと」

「何を？」

「僕の内側みたいなの」

おにいさんは静かにそう言って微笑んだ。

要領と愛想の向こうにあるものを、おにいさんは開いて見せたのだ。私も応えるべきだろうか。私もおにいさんの前で、扉の向こうにあるものを取り出すべきなのだろうか。私にも自分がどうあればいいのかわからずあがいていた時がある。小学校で働いていた時の私は、期待に応じようと苦悩していたおにいさんと同じように、何をやってもうまくいかずにひたすらもがいていた。壁を破るすべは最後まで見つからず、解決できないままに終えるしかなかった。おにいさんはきっとあの日々とつながっている。あのころの記憶を開ければ、おにいさんのことがわかるはずだ。それはわかっているのに、できなかった。もうそこまで来ているのに、私の記憶はなぞられるのを拒んでいる。ふたをしたまま十三年も経ったのだ。せっかく薄れてきた記憶を、再び鮮やかにはしたくなかった。おにいさんが自分の居場所と離れて楽になったように、私も扉を閉めることで自責や後悔を切り離すことができたのだ。

　昔よくやったように、私は目を閉じて深く息を吸った。そうやって気持ちを落ち着かせていくうちに、重ねた月日が開きかけた扉の上にのせられていく。大丈夫。あの日々は扉の向こうにしかない。

「だから、さくらもさ……」

「関係ないよ。おにいさん、弾みで勝手に打ち明けただけじゃない」

　おにいさんに合わせて、私の記憶まで呼び起こすことはない。そんなことまでして、おにいさんのことを思い出す必要なんてない。私はきっぱりと言った。

「そっか。そうだね」

　おにいさんは小さく肩をすくめた。

　なんとなくそれきり私たちは、言葉が出てこなくなった。せっかくたくさんのケーキが並んでいるのに、おにいさんも私も最初にお皿に盛ったケーキを食べるだけで精いっぱいだった。

12

五月二十三日は父の命日だ。毎年、この日は母と妹と墓参りをして、父親の好きだったうどん屋で夕飯をとる。

私や妹が大きくなるにつれて、誕生日やクリスマスにみんなで集まることもなくなってきた。すみれが新しい家族を持った後も同じように三人で食卓を囲むのは、この日だけだ。

「毎年恒例の会話だけどさ、命日にうどんなんてね」

すみれがくすくす笑うのに、

「でも、この店のうどんを食べられるのは年に一回だよ。そう思うと貴重でしょ」

と私はみんなの分の注文を済ませてから言った。

実家のすぐそばにあるうどん屋は、テーブル席が三つとカウンター席しかない小さな店だ。昔からある古い店で、掃除は行き届いてはいるけど、壁の色もテーブルも箸立てもどれも年季が入っている。父親が生きていたころ、月に一度この店で夕飯を食べるのが我が家の習慣だった。幼い私や妹にとっては外食というだけでごちそうで、毎月ここでの食事が楽しみだった。

父が死んでからは、年に一度こうしてうどんを食べるようになった。私も妹も、もちろん母親も、いつでも来ようと思えば来られる。だけど、母と妹と私。その三人以外で来るのは変な気がして、みんな命日以外にこの店に足を運ぶことはなかった。

「他においしい店だってあっただろうけど、お父さんは定番が好きだったからね。さくらが生まれてからは、外食って言ったらここだったな」

お母さんは懐かしそうに目を細めた。

「今は毎年ここで同じもの食べて、同じような会話するのが私たちの定番だけどね。あ、いい匂いしてきた」

すみれが鼻をくんくんさせるのと同時に、うどんが運ばれてきた。息子さんが継いだのだろう。店の主人は父親と来ていたころとは替わっている。けれど、出汁《だし》の匂いは昔と一緒だ。きつねうどんに月見うどんにこぶうどんに、いなりずし。頼むものも父と来ていた時と変わっていない。

「すみれ、きつねうどんといなりずし食べるところなんて、お父さんと一緒だよね。あげにあげだもん」

私は月見うどんのつゆを一口飲んだ。優しい味が体にしみこんでほっとする。

「そう?」

すみれはいなりずしをくわえたまま首をかしげた。

「そうそう。それに冷めるから先にうどんを食べればいいのに、いなりずしから食べるところもお父さんと似てる」

　お母さんもそう笑った。

「私、あんまり覚えてないからなあ。お父さんがいたころ、まだ五歳だったし。お姉ちゃんはいいよね。私より三年分お父さんの思い出が多いんだもん」

「そう言われても、思い出せることはそんなにたくさんないけどね」

　私だってまだ八歳だった。はっきりと覚えていることは、数少ない。

「うーんと、お父さんと言えば髭《ひげ》がじょりじょりしてて、緑のマフラー巻いてて、時々日曜日の朝にホットケーキ焼いてくれたよね」

　猫舌のすみれはようやくきつねうどんに箸をつけながら、父親の思い出を並べた。

「そう。そして、クリスマスだよね。お父さんたら、私たち眠りきってないのに、どかどかと部屋に入ってきてプレゼントを枕元に置くんだもん。平気な顔してさ。私、五歳の時にサンタがいないって気づいちゃった」

　私は話しながら吹き出した。クリスマスの日のことは、今でも口にするたび笑ってしまう。

「お父さんせっかちだから、あなたたちが寝るのを待っていられなかったのよ。一応サンタを意識してか、赤いニット帽だけはかぶってたけどね」

お母さんも楽しそうに声を上げて笑った。

去年も一昨年も五年前も、私たちはここで同じ思い出話で盛り上がった。お父さんがお母さんにもらった緑のマフラーを大事にしていたこと、日曜日になるとはりきってホットケーキを作ってくれたこと、「サンタはちゃんといるんだよ」と言いながら変装することなく私たちのベッドにプレゼントを置いていったこと。もちろん、お父さんはいつもマフラーを巻いていたわけではないし、ホットケーキ以外のものも作ってくれた。私たちを喜ばせてくれたのは、クリスマスだけじゃない。でも、三十年近くが経って、確実にはっきりと思い出せる三人共通の記憶はそれほど多くはなくなっている。

「たまには違う話ってないかな」

すみれは考えを振り絞るように、眉間《みけん》にしわを寄せた。

「毎年同じ話ばかりなのもね。お父さん、他にもいろいろしてくれたのに」

私も何かないかと記憶を探ってみた。お父さんの肩車は高すぎて怖かったこと、ビデオカメラを買った直後に嬉しそうに私たちばかり撮っていたこと、自転車の乗り方をうんざりするぐらい丁寧に教えてくれたこと。当たり前だけど、お父さんとの間にはたくさんの出来事があった。どれも大事な思い出だ。父親が大好きだった私は、亡くなった後何度もそれらを思い出しては泣いていた。だけど、度々みんなで取り出しているホットケーキやクリスマスのこととは違って、すてきなはずのそれらの思い出はどこかうすぼんやりしている。その時のお父さんの表情や私の気持ち。いつの間にかあやふやな部分が増えている。

「なんか年々ぼやけていくんだよね。ありありと思い出せることって意外に少ないな。これ現実にあったことだっけって思うこともあるぐらい」

すみれがそう言って、

「本当。いつのことだったかわからなくなったり、違う思い出と合体したりもするし」

と私も付け加えた。

そんな私たちを、お母さんは「別に正確に思い出す必要なんてないわよ。お父さんがいた事実さえ残っていれば、どれを思い出そうが、思い出がねじれようが、どうでもいいじゃない」と笑った。

「歴史の年号を暗記してるんじゃないんだもの。好きなことを好きなように思い出せばいいのよ。みんなでうどん食べて同じことを話してる。そういう機会を与えてくれてるだけで十分でしょう」

「そっか。そうだよね」

正しく鮮やかによみがえらせることは、そんなに重要ではないのかもしれない。父親がいたことをみんなで口にする。それだけで温かな時間だ。

教師の仕事を辞めた後、私はやっぱりここに戻ってきた。あの地を離れたいと思っていただけで、行き先はどこでもよかったはずだ。けれど、帰ってきたのはここだった。昔の自分が過ごした場所、私を育ててくれた人がいる場所。そこにいるだけで、大きな挫折《ざせつ》感は和らいだ。

「それに、こういう機会がないとなかなか外にも出られないしね。お姉ちゃんも結婚したら、この命日が今まで以上にありがたくなるよ」

さやかちゃんの世話をお義母さんに頼んだというすみれがいたずらっぽく言って、私もお母さんも「よく言うわ」と笑った。

13

「これ、お兄さん好きそうだし、多めに持って帰ってください」

居間の机やら棚やらを拭《ふ》いていると、作業場から上がってきた山田さんに声をかけられた。

春日庵の営業時間は八時までだけど、私は六時で帰る。遅くなるのはよくないからとお義母さんが先に帰らせてくれるのだ。その代わり、私は帰る前に二階の居間と台所を掃除するようにしている。

「ああ……、でも」

「今日は日曜日でしょう？　お兄さんが来る日ですよね。水饅頭です」

山田さんはにこにこと包みを差し出した。

確かに今日は料理を教えにおにいさんが来る日だ。だけど、この二週間ほど音信不通になっている。ケーキの食べ放題に行った次の日曜日、おにいさんは来なかった。今日も料理の予告メールは来ていない。

「今日は来ない気がするんです」

「そうなんですか？　たくさん入ってるんですけど」

山田さんが持ってきてくれた包みは、ずしりとしている。かなりの量の水饅頭が入っていそうだ。おにいさんと一緒ならなんだかんだと言いながら食べられるけど、一人でそんなに食べきれやしない。

「ごめんなさい」

私は小さく頭を下げた。

「いえ、別にいいですけど。お兄さん、どうかしたんですか？」

「さあ……。その、よくわからないんですけど、なんだかちょっと気まずくなってて……」

あの日、おにいさんと私は妙な隔たりができたまま、なんとなく別れた。おにいさんはそれ以来、姿を見せないし連絡もよこさない。あんな陽気な人が些細なことで来なくなるのは妙だけど、他に理由も見当たらなかった。

「もしかしたら、ちょっと風邪でもひいてるだけかもしれませんよ」

あれこれ考えている私に、山田さんは明るい声で言った。

「そうですよね」

「きっとまたすぐに来ますよ」

山田さんはそう言って微笑んだ。

十二歳も年下の名前も知らない男の子が毎週やって来ることを不思議に思わず、親身になって気にかけてくれる。山田さんのその鷹揚《おうよう》さはありがたい。だけど、どうしてこんなにも疑問を抱かずにいられるのだろう。ひっかかるものは何もないのだろうか。

「山田さんは、変だとは思わないんですか？」

私は持っていた布巾《ふきん》を置いて、山田さんの顔を見上げた。

「何がですか？」

「おにいさんですよ。変でしょう？　あの人自体も何もかも」

「変？」

唐突な質問に山田さんはきょとんとした。

「ええ。あの人年下だし突然現れたし」

「はあ……」

「私、おにいさんの名前も住所も知らないんです」

「名前も？」

「そうです」

私がきっぱりとうなずくのに、山田さんは少し驚いてはいたようだけど、しばらくするとくすくす笑い出した。

「どうしたんですか？」

「いや、落ち着いて考えれば、おかしいですよね。お兄さん、ずいぶん幼く見えるから、どう見てもさくらさんの兄なんかには見えないのに。あまりにもしっくりとさくらさんの横にいるから、違和感がなくて」

山田さんはまだ笑っている。

「しっくり?」

「そうです。自然にさくらさんの世話を焼いていたから、お兄さんを親戚か何かだろうと勝手に思い込んでました。ほら、家族とかきょうだいっていろんなパターンがありそうですし」

「そうでしょうか……」

家族の形は多様化していると言っても、年下の兄なんて存在するはずがない。

「そうだ。お兄さんが来ないのなら、この水饅頭、さくらさんが帰る前に、ここで一緒に食べましょう」

山田さんは腑に落ちないままでいる私に陽気に言うと、冷蔵庫から麦茶を出して入れてくれた。

「でも、山田さんお店は?」

「大丈夫ですよ。二、三十分僕がいなかったところで、親父は気づきもしませんよ」

「私、働いているよりここで休憩してる時間のほうが長いみたい」

私は申し訳なくてつぶやいた。山田さんの家に通いはじめて三ヶ月も経たないのに、この部屋でいつもくつろいでいる。

「さくらさんが来てくれるだけで、親父もお袋も喜んでるんだから、そんなこと気にする必要はないですよ。さあ食べて」

　山田さんが渡してくれた水饅頭は、小皿の上でふるふると揺れている。頼りなげできれいな和菓子だ。

「いただきます」

　私はそっと水饅頭に黒文字を差し込んだ。葛で包まれた餡がしっとりとしているのが、見ただけでわかる。

「お兄さんとはちょっと違うかもしれないけど、うちは養子をとろうとしたことがあるんですよ」

　山田さんは水饅頭を食べる私を眺めながら、話し出した。

「養子？」

「ええ。だいぶ前の話ですけど」

「養子って、養子ですよね？」

　聞きなれない言葉に、私は思わず繰りかえした。養子は年下のおにいさんよりは現実的だけど、山田家にそんな事情があったとは思ってもいなかった。

「あ、でも、全然複雑な話ではないんですけどね」

「だけど、どうして養子を？」

山田家には山田さん以外に弟が一人いる。二人も男の子がいるのに、養子をとる必要はないように思えた。

「春日庵を継ぐ人間がいなかったというだけの話です。弟は美容師になると言って美容学校に行ってしまったし、僕も最初は違う道に進みたかったんですよね。家を継ぐのは自分の何かを諦めなくてはいけないような気がして……。特にやりたいこともなかったくせに、自分には自分の道があるはずだなんて言ってたんです。今思うと、笑えますけど」

「それで養子を？」

「ええ。うちの親父はああいう人ですから、店を継がなくても好きなことをしたらいいと言ってました。でも、春日庵を閉めるわけにはいかなくて。わざわざ養子じゃなくてもいいだろうけど、本格的にこの店の全てを誰かに受け渡したいというのがあったんでしょうね」

「あれ？　でも、山田さん、継いだんですよね」

私は水饅頭を食べていた手を止めたままで訊いた。

「そうなんです。養子の話が進みだして、自分のいるべき場所を誰かに渡してしまうように感じて。勝手ですよね。結局は和菓子が好きだっただけかもしれません」

山田さんは照れくさそうに口元を緩めた。

私は春日庵の山田さんしか知らない。けれど、山田さんだってすんなりと和菓子屋になったわけじゃないのだ。誰だって、今日までをただそのまま歩いてきたわけじゃない。いろんなものに折り合いをつけて、何かを手放したり何かに苦悩したりしながら、生きていく方法を見出《みいだ》してきたのだ。

「僕は手の中を見せたよ」そう言っていたおにいさんを思い出した。私も山田さんに、開いてみせるべきなのだろうか。山田さんが話したのだから、私も何かを明かさなくてはいけないのだろうか。

「うちの店の餡は本当においしいんです」

山田さんはそんな私に静かに微笑んだ。

「いろんな店で修業させてもらって、たくさんの和菓子を食べてみたけど、餡がうちほどおいしいのはなかなかないんですよね」

「私もそう思います」

私は小さくうなずいて、思い出したように水饅頭を口に入れた。甘さが控えめな餡はよくあるけど、春日庵の餡はなんと言ってもみずみずしい。口に入れたとたん、ほのかな甘さが染み出てくる。

「だから、やっぱり春日庵の和菓子を作りたかったんです」

山田さんも水饅頭をほおばった。春日庵の和菓子は、食欲だけじゃなく心の隅々までをゆっくりと満たしてくれる。

「でも、一番はあれです。お兄さんがさくらさんをすごく大事にしているからです」

「え?」

話題が突然おにいさんのことに変わって、私は水饅頭を飲み込んでから眉をひそめた。

「お兄さん、バタバタとしながらもさくらさんのこと一生懸命考えてるでしょう。だからお兄さんはお兄さんなんだと思えたというか」

「そんなものでしょうか」

「ええ。お兄さんなのかどうかはおいておいたとしても、さくらさんを大事にしている人は、僕にとっても大事な人ですから」

山田さんはしっかりとそう言った。

14

六月に入り、やわらかかった風も少しずつ重みを含みはじめた。おにいさんが言っていた、足元の悪い夏の気配が入り込む季節に近づいている。

山田さんの家の手伝いを終えた帰り道、私はまだほのかに明るさの残る空を見上げた。日が長くなっていくのと同じように、結婚する時も迫ってきている。

そろそろ結婚したほうがいいのかもしれない。そう思った時に、山田さんを紹介された。小学校を辞めた後に始めた事務の仕事も十年と少し続き、一段落つけたい。そんなふうに考えていたから、環境を変えるいいきっかけだとも思った。特別すてきなことは何もなく、こんなものだろうという感覚で進んできた。でも、本当にこれでいいのだろうかという気持ちもある。

苗字が変わる。それはどうでもいい。望月でも山田でも何も変わりはない。住まいが春日庵の二階になる。今のアパートにあるものをだいぶ始末しないといけないけど、なんとかなるだろう。和菓子屋の店員になる。これは意外と気に入っている。けれど、そういうこととは違う、もっと漠然とした大きなものが変わっていくのだ。山田さんが家を継ぐ決心をした時に何かを思い切ったように、おにいさんが親や周りの期待から逃れて家を離れた時に何かを手放したように。私も何かをどこかで切り離すことになるのだ。新しく始まる日々にその価値があるのだろうか。そう思うと、落ち着かない気持ちにもなった。

すんなり結婚していたはずなのに、こんなことを考えてしまうのは、おにいさんが現れてあれこれ波風を立てたせいだ。そのおにいさんがいないのでは、時間を持て余してしまう。姿を見せなくなって、三週間。アパートの入り口を見渡してみたけど、日曜日だというのに今日もおにいさんは来ていない。

少しぎこちなくなっただけで、おにいさんはこのまま消えてしまうつもりだろうか。いや、気まぐれな人だ。また何かの拍子に現れるかもしれない。だけど、きまじめな人でもある。恒例になっていた料理教室を三回も飛ばしておいて、平気な顔で出てくることはない気もする。

心配というのとは違うし、会いたいというのとも違っている。山田さんの言うとおり、おにいさんはいつだって私の周りで騒いでいる。山田さんが疑いなくお兄さんと呼んでしまうぐらいに、私の隣になじんでいる。それなのに、このまま終息してしまうのはいやだ。何も明かされないまま、どこか掛けちがえたまま通じ合わなくなってしまうのは、寂しい。

「最近会ってないから気がかりです。どうしてますか？」

どう言っていいかわからないまま、私はそうメールを打っていた。

メールは便利だ。声色も表情も見せなくて済むから、照れくささもばつの悪さも伝わらなくていい。意を決して悩んで打った文でも、平静に届けてくれる。

でも、ものすごく不便だ。たった一言が、どう届くのかがわからない。言葉を送った時の相手の状況も測れないまま、同じように同じ言葉が届いてしまう。

一時間待っても、おにいさんから返信は来なかった。返事をするつもりがないのか、単に携帯を見ていないのか、それとも何か事情があるのかはわからない。ただ、働きかけてしまった以上、じっとしていることはできなかった。


「すみません。他に話せる人がいなくて」

八時を過ぎているのに、私は山田さんの家まで引き返していた。突然現れた名も知らないおにいさんのことを話せる人なんて、山田さん以外にいなかった。

「とりあえずお兄さんを捜しに行きましょう」

仕事が終わったばかりなのに、家から出てきて話を聞いてくれた山田さんは、そう言った。

「あの、でも、別に行方不明になったわけではなくて、私のところに来ていないだけで……」

「だけど、さくらさんは気がかりなんでしょう？」

「そうみたいです」

「じゃあ、行きましょう。じっとしていても始まらないですから」

「なんだかすみません」

私たちは当てもなく夜の商店街を歩き始めた。八時を過ぎた商店街で開いているのはうどん屋と飲み屋だけで、あとはひっそりとしている。

「どこに行けばお兄さんに会えるかわかりますか？」

「さあ……。その、名前もわからなくて……」

「そっか、そうでしたね」

私がおにいさんの基本情報で知っているのは、メールアドレスだけだ。けれど、返信が来ないのなら、メールアドレスなんて何の手掛かりにもならない。

「だったら、名前じゃなくても、お兄さんがどんな人かわかるようなことはありますか？　住んでいる場所がわかるのが、一番いいですけど」

山田さんは私の不安が増さないようにか、穏やかな声で質問してくれた。

「えっと、二十四歳だと言ってました。干支は未です。手品が得意で物まねができて。こんなこと役に立たないですよね」

「いえ、どんなことでもいいですよ」

「他は、お父さんが立派な人らしくて、一人っ子だと」

「なるほど」

「それで、大学からこっちに出てきたって言ってたかな。それから……あ、そうだ。私の家より七駅向こうに住んでいるって言ってました」

いつだったか、おにいさんは七駅も離れたところから通っているのだと恩に着せていた。後をつけた日も、ちゃんと駅に向かって歩いていた。電車を使ってここに来ているのは確かだ。

「七駅向こうということは、下り方面は三つ先で終点だから、上りに七駅先ってことですよね。行ってみましょう」

山田さんが勢いよく言って、私たちはそのまま駅へと向かった。目的地が見えてきたせいか、二人の足はぐっと速まっていた。

七駅分電車に乗るのは、結構な距離だった。窓の向こうでは、夜の景色がゆらゆら揺れている。ビルにショッピングモールにマンション。おにいさんはこんな景色を見ながら、私のところへ来ていたのだ。

「変なことに巻き込んですみません」と謝る私の横で、山田さんは「いいですよ。夜の電車に乗るなんて久しぶりですから」と外に目をやっていた。このあたりは高層マンシヨンが多いとか、遠くに見える高速の灯りがきれいだとか言いながら車窓を眺めていると、前に三人で乗った遊園地の観覧車を思い出した。山田さんとこんなふうに景色を眺めたのは、数えるくらいしかない。おにいさんは、山田さんが部屋に来たことがないことにびっくりしていたけど、目の前の風景を同じ調子で同じ目線で見たことがこんなに少ないのは、もっと驚くべきことかもしれない。

「さて、どうしましょうか」

改札を出た私たちは、あたりを見回した。今まで降りたことはなかったけど、そこは駅周辺に本屋やコンビニがひしめいたにぎやかな町だった。仕事帰りの人、飲み会に向かう学生、たくさんの人で溢《あふ》れかえっている。

「お兄さんの家は、どのあたりでしょう?」

山田さんにそう訊かれたけど、わかるわけもなかった。私は「すみません、何もわからないんです」と肩を落とした。電車の中で、「今どこにいるの?」とメールをしてみたけど、おにいさんからの返信はなかった。

「そうですよね。とにかく歩きましょう。お兄さんのことだから、その辺に現れるかもしれません」

山田さんが提案して、私たちは二人で駅の周辺を丁寧に歩いた。ファストフード店や本屋をのぞいたり、コンビニの中をうろついてみたり。けれど、おにいさんがいそうな気配はどこにもなかった。

「お兄さんは本当にもう来ないつもりなんですかね」

駅から少し離れた坂を上りながら、山田さんが言った。この町は店が多いのは駅の周りだけで、少し歩けば団地やアパートばかりだった。住宅が建ち並ぶ夜の坂道は、さっきまでのまぶしさが嘘みたいにしんとしている。

「突然現れた分、このまま消えそうな気もします」

私はひんやりとした風を受けながら答えた。日が完全に沈むと、夜の空気はまだまだ冷たい。

「お兄さん、あんなにさくらさんの周りをうろついていたのに、黙っていなくなったりするでしょうか」

「ええ。なんだかこのままいなくなりそうです。おにいさんは、その、以前どこかで会った人なんですけど、私、昔のことを思い出せなくて……。おにいさんはそれにだいぶがっかりしていたみたいだから」

おにいさんは、自分が期待に応えられなくて苦しんでいたことを、ケーキを目の前にしながら静かに語っていた。深刻な部分が明らかになっていく照れくささに、時々軽口を挟みながらも率直に話していた。そして、その分、同じように近づこうとしない私に、失望の色を見せていた。

「お兄さん不器用ですからね」

坂を上り切り、少し息を切らせた山田さんが言った。

「確かに……」

春日庵に初めて行った後、おにいさんは、「不器用とか言いそうだけど大福作れるじゃん」と山田さんのことをけなしていた。だけど、何でも作れるおにいさんは、あちこちが本当に不器用だ。

「昔のことは僕にはわからないですけど、今のお兄さんの近くをこんなにも歩いたんですよ」

山田さんは体の向きを変え、坂の下を見下ろした。一時間ほど歩いたのだろうか。駅のほうに灯りが広がるのが見える。

「名前も住所も知らないのに、こんなにもお兄さんのそばにきたなんて、過去のことを思い出すより価値がありますよ」

「そうでしょうか」

私は見えるものすべてに目をやった。ここは騒々しくもきれいな町だ。ここにおにいさんが住んでいるのだ。ここで今のおにいさんが生活をしているのだ。

「そのうちふらっと帰ってきますよ。あのお兄さんですから。って、すみません、なんだか猫みたいに言ってしまって」

山田さんの言葉に、町を見渡していた私は笑ってしまった。歩き回った疲れを感じるのと同時に、ざわついていた心地も落ち着いている。

「本当に猫と一緒ですよね。何事もなかったかのように、魚でもくわえてきそう。すみません、無茶なことに付き合わせて」

「いえ、楽しかったですよ。探偵にでもなった気分が味わえましたし。それに、この町に来られたのもよかったです」

「歩くのにいい町ですね」

私たちは坂を下りながら、この町のことを、おにいさんのことを、あれこれ話した。山田さんは変わらず平和で穏やかで、特別なことなど起こりそうもない。でも、山田さんは私と共に知らない場所へと向かってくれる。名前も知らないおにいさんを一緒に捜してくれる。無謀なことにもおかしなことにも、山田さんとだとごく普通のことのように進んでしまえる。

「おにいさんの記憶は呼び起こしてないけど、今おにいさんが住んでいる町を歩いたよ。

山田さんと一緒に」

おにいさんにそうメールを送っている私に、

「帰りはまた違う景色が見えますよ」

と二人分の切符を買いながら山田さんが言った。

15

その次の日曜の夜。ついにおにいさんが現れた。いつもみたいにえへへと笑いながら、アパートの入り口に立っていた。

「ついに来たね。梅雨が」

おにいさんは私を見つけると、挨拶代わりのように言った。お気に入りなのか、この間ケーキを食べた時と同じブルーのシャツを着ている。

「そうでしたっけ」

「ここのところ、天気が悪かったからな」

「特に雨は降ってなかったですけどね」

梅雨入りしたものの、ここ二、三日は天気がいい。

私が指摘すると、おにいさんは肩をすくめた。

「もしかして、僕のこと捜した？」

「駅の周りをうろつきはしましたけど」

「さくらって、心配性だったんだ」

「別に心配はしてませんけど、でも、いつも来る人が来ないと、変な感じです」

「そうだな。なんだか悪いことしたな」

私たちの会話は、初めて会った時よりもずっとぎこちない。おにいさんは要領はいいけど不器用だし、私はもともと軽妙ではないから、お互いに何だか持て余している。

「まあ、料理でもしましょう。お腹もすいたし」

私はふっと息を吐いて、弾みをつけてそう言った。

弁明とか言い訳とか、この間に起こったことの報告とか。本当はそういうのを口にするべきなのかもしれない。だけど、私とおにいさんはとりあえず兄妹なのだから、いちいち段取りを踏まなくてもいいはずだ。それにおにいさんの顔を見ると、お腹が減って早くおにいさんの料理を食べたくなった。

「そうなんだけど、今日は何も用意してないんだ」

おにいさんは私に手を振ってみせた。いつもみたいに、スーパーの袋はない。

「じゃあ、材料を買いに行きますか？」

「それがさ」

「それが？」

「何を作るかも考えてないんだ」

おにいさんはとんでもないことを告げるかのように声をひそめた。だったら何でもいいじゃない。私はそう言いかけて、やめにした。きっと、おにいさんはどうやって教えるのか、いつも細やかに考えているにちがいない。遊園地をガイドブックどおりにめぐったように。いい加減だけど、おにいさんは行き当たりばったりではないから。

「おにいさんとしたことが、ですね」

私は暗くてぼんやりとしか見えないおにいさんの顔をのぞいて、くすりと笑った。

「もしかしてさくらが待ってたりしたら悪いなと思って来ただけで……その、まあ、なんていうかさ」

いつも適当なことばかり言っているのに、おにいさんはたどたどしい。ここに来るのを四週間もためらってしまうぐらいに、内側を見せたことが照れくさいのだろう。要領や愛想で覆われていないおにいさんは、本当に不器用だ。

「おにいさん知ってますか？」

「何を？」

「おにいさんの主張が正しければ、私たちは身内なんですよ。だから、いちいちすべてを説明しなくてもいいんです」

私はそう言って、歩きはじめた。アパートから三分も行けば、遅くまで開いているスーパーがある。

「どこ行くの？」

「スーパーです。おにいさんに食べさせてあげたいものがあるんですよね。いつも教えてもらってばかりだし、今日は私がとっておきの料理を教えてあげます」

「さくら、料理なんてできるんだ」

「もちろん。そこそこはね」

久しぶりにおにいさんと会えたせいか、私の心は弾んでいた。思い出の中のおにいさんではなく、今のおにいさんが暮らす町を歩いた私の気持ちは軽くなっていて、おにいさんを前にしていつもみたいに溢れだしそうになる記憶を感じることもなかった。

「これでいったい何ができるの？」

スーパーで買った葛粉とゆであずきの缶詰と、木べらや鍋を台所に並べるとおにいさんは首をかしげた。

「水饅頭です。よし、作りますよ」

「水饅頭？」

「そう。すごくおいしいんです」

春日庵で水饅頭を見た時、おにいさんに食べさせてあげたい。そう思った。透明で餡がおいしそうに透けていて、おにいさんが喜びそうな和菓子だって。

細かな作り方は知らないけど、水饅頭と言うのだから、余計なものは入っていないシンプルな和菓子のはずだ。お義父さんや山田さんが作るのを見ているし、私にだってできるだろう。

「えっと、饅頭だから、葛粉を水で溶かして練って、餡を包んで丸めたらいいはずなんだけど」

「そんな簡単なの？」

「和菓子は単純さが持ち味なんです。さ、おにいさんはこれを火にかけながら溶かして混ぜて」

私は葛粉と水を鍋に入れ、いぶかしげな顔をしているおにいさんに木べらを渡した。火にかけて混ぜていれば、そのうち葛が固まっていくはずだ。

「餡は、えーっとそうだ、砂糖と炊いたらいいはず」

おにいさんが「こんなので本当に和菓子になるのかな」とぶつぶつ言いながら葛粉を練る横で、私はゆであずきに砂糖を入れて火にかけた。もちろんお義父さんは小豆から作るけど、時間がないから缶詰で間に合わせるしかない。お義父さんと同じように混ぜていれば、なんとかなるだろう。

「なあ、さくら。これ、どろどろするだけで、饅頭などになりそうもないけど」

おにいさんは木べらを回しながら、鍋をのぞいた。

「おかしいな。もっとよく混ぜてください」

「いくら混ぜても固まる気配もないよ」

「がんばれば、そのうち饅頭らしくなりますから」

「本当かよ」

「本当です。よし、餡は出来上がりですよ。いい匂いしてる」

小豆の煮える優しい甘い香りが台所に漂い始めて、私は「おにいさん、しっかり」とせかした。固まった葛粉で餡を包めば、水饅頭が完成するはずだ。ところが、二人して三十分近く葛粉を混ぜてはみたけど、温度が悪いのか、水の量が多いのか、葛粉はどろりとしたまま一向に固まりはしなかった。

「で、さくら、これは何？」

おにいさんは食卓に置かれた水饅頭に眉をひそめた。

「だから水饅頭です」

「絶対に違うだろ。しいて言うなら、これはあんかけ小豆丼《どん》だ」

お腹もすいてきたし、水饅頭のような味だったらいい。どろどろの葛粉では包めないから、炊いた餡の上に葛をかけて出来上がりということにしたのだ。

「味は水饅頭と一緒だから大丈夫。さ、食べましょう」

私はスプーンをおにいさんに渡した。

「そうだな。いただきます」

おにいさんはおそるおそるあんかけ小豆丼を口に入れると、思いっきり顔をしかめた。

「うわ、これひどいよ。あんかけは水の味しかしないし、小豆は強烈に甘い」

「そんなことないはずだけど」

私も一口食べて、ぎょっとした。おにいさんの表現どおりのひどい味だ。

「これを春日庵で出したら、三日で倒産に追い込まれるな」

「何がだめだったんだろう」

「缶詰なんだからさ、小豆は最初から甘く出来上がってたんじゃないの？　それなのに砂糖入れすぎたんだよ。それにこの葛。ただのねっとりしたお湯だよ」

「おかしいなあ」

私はもう一度口に入れてみたけど、べとべとと葛がまとわりついた甘い餡は食べられたものじゃなかった。

「噛《か》む必要がないから、入れ歯のおじいちゃんでも食べられる。この食べ物の長所はそれだけだな」

「生温《なまぬる》さが、まずさをパワーアップさせてるよね。私はもう無理」

空腹ではあったけど間の抜けた味とどろりとした食感に食べる気を失った私は、あんかけ小豆丼の器を自分の前から押しやった。

「うわ、また喉にどろどろがひっついた」

「こりゃ甘すぎだよ。この餡でお茶二十杯は飲めるな」

「こんなにまずいものを食べるって、新種の拷問だ」

おにいさんは一口食べるたびに顔をいがめて騒ぎながらも、着々とスプーンを進めた。つくづく何でも食べる人だ。

「でも、おにいさん、ちゃんと食べるんだね。感心する」

あんかけ小豆丼を放棄した私は、ポテトチップスを開けた。

「さくらって、おかしなもの作るだけ作って、自分は違うもの食べるんだもん。無責任だよな」

「おにいさんも食べる？」

私がポテトチップスの袋を向けると、おにいさんは首を横に振った。

「いいよ。一度まともなものを食べたら、あんかけ小豆丼が食べられなくなる。これを制覇するにはある種の勢いが必要だから。兄っていう職務は厳しいんだな。チーズの次はあんかけが苦手になりそうだ」

「あんかけはそうそう食べる機会がないから大丈夫だよ」

私は果敢にあんかけ小豆丼を食べるおにいさんを笑った。

「妹は気楽でいいよな」

「まあね。あ、そうだ。遊園地でおにいさんが撮ってくれた写真、お義母さんすごく気に入ってくれて、山田さん家の居間に飾ってあるんだよ」

私は少しおにいさんが気の毒になって、八杯目のお茶を淹れながら褒めてあげた。

「まるで恋人同士のようって言われたやつね。よく撮れてたもんなあ。うちの親父も団子屋とさくらがお似合いだとか言ってた。親父、もうぼけてんのかな」

おにいさんは自分のあんかけ小豆丼を食べ終えると、私の皿を引き寄せた。全て食べきろうという意気込みらしい。

「お父さんにも写真送ったの？」

「うん」

「なんだ。おにいさん、お父さんとちゃんと連絡取ってるんじゃない」

おにいさんと家族は疎遠になっていると思っていた私は、驚いた。

「そりゃ、さくらのことはね。さくらが元気だとか、結婚するとか、仕事がんばってそうだとか、得体の知れない和菓子作ってるとか、そういうことは連絡してる」

「まめなんだね」

「そうでもないよ。前までは二ヶ月に一度さくらのアパートを眺めて職場を眺めて、勝手に元気そうだって報告してただけだし。仕事に行ってるってことは病気ではないだろうからね。まあ、今回は結婚するって聞いたから、慌てて会いに来ちゃったけど」

「どうして私のことをお父さんに？」

「そうしてほしいって、親父に頼まれたからさ」

おにいさんのお父さん。その人が私のことを知っているのだろうか。周りから立派だと言われ、私のことを気にかけてくれる人。そういう人が、確かに今までの私の日々の中にいる。

「大学進学でこっちに出てきた時からずっとだから、六年間はさくらのこと窺ってたな」

おにいさんのお父さんのことを思い浮かべかけていた私は、その発言に思わず鋭い声が出た。

「六年間も!?」

それは想像以上に長い時間だ。おにいさんは六年前から私がどこでどうしていたかを見ていて、私は六年間もそのことに気づかずにいたのだ。

「六年ってすごいよな。さくらが鈍感でよかった」

「本当だよ。そんなに長い間こっそりと見てたなんて、へたしたら警察に捕らえられてたよ。それにしても、おにいさん、よくそんな面倒なことを引き受けたね」

おにいさんは父親を重荷に感じて、期待から逃れようとして、ここに出てきたはずだ。それなのに、家を離れて解放された後に、どうして父親の頼みを忠実に受け入れていたのだろうか。

「そりゃ、大事な妹のことだからじゃないか」

おにいさんはえへへと笑った。

「うそでしょ?」

「まあ、本当は単純に嬉しかったんだ。大学が決まって家を出る時、近くなるからさくらの様子を見てきてくれないかって親父に言われてさ。自分でもかっこ悪さに参ってしまうけど、うきうきした。親父が僕に物を頼むなんて初めてだったから」

「そうなんだ」

「そりゃ、学校に行けとか、大学は受験しろとかは懇願されてたけどね。でも、それは世間体のためだろ？　そういうこと以外に何かを託されたのは初めてだった。さくらのことは親父の本物のお願いだからな。だから張り切って報告しちゃうんだ。それに……、やっぱりさくらに会いたかった。僕にとって、さくらは初めて会った外から来た人だから」

外から来た人。岡山の小学校で働いていた私は、そこでよくそう言われた。田畑と山と川に囲まれ、親切で面倒見のいい人たちばかりの場所だった。外から来た私を、みんな温かく迎えてくれた。それなのに、私はたった一年でその地を逃げるように去ってしまった。ここへ戻ると同時に固くしまいこんだそこでの日々の中に、きっとおにいさんはいるのだ。私のことを気にかけてくれるお父さんと一緒に。答えはもう目の前に近づいている。少し丁寧に記憶をたどれば、導くことができる。あんなに謎《なぞ》だったおにいさんが誰なのか、わかりそうになっている。

「僕って、お腹が膨れると話さなくていいことを話す習性があるんだな。しかもまだ若いのに、どうでもいい昔の話ばかりしちゃう」

おにいさんはお腹をさすりながらそう言うと、「せっかく今のさくらと一緒にいるのにね」と笑った。

「そうだね」

おにいさんの言うとおり、わざわざ記憶を開けなくたっていい。積み重ねた時間の奥におにいさんを捜さなくたって、今、すぐそばにおにいさんがいるのだ。

「ほら、完食」

おにいさんは空になった器をかたむけてみせた。

「おお、やるじゃない」

「だろ？　どんな苦しいことでも終わりが来るんだなあ。明けない夜はないし、神は食べられるあんかけしか与えない」

「いちいちおおげさだけど、こんな食べ物を全部食べられるのはおにいさんだけだよ」

私は目の前のおにいさんに拍手を送った。

16

水曜日の夕方、けたたましいチャイムが鳴った。

今日は春日庵は休みだからどこかに夕ご飯を食べに行きましょうと、山田さんと約束はしていたけど、待ち合わせ場所は駅だ。それに、山田さんはこんな乱暴にチャイムを鳴らしたりはしないだろう。いったい誰だろうと玄関に出てみると、部屋の前にはおにいさんと山田さんが立っていた。

「よ、さくら、こんばんは。団子屋、まあ上がって。遠慮せずにどうぞ」

困惑する私をよそに、おにいさんは部屋へと山田さんを招き入れた。おにいさんに引っ張られながら、山田さんは「お邪魔します」と頭を下げている。

「な、何なの？　どうしたのよ、いったい」

私は出しっぱなしにしていた雑誌や鞄《かばん》を隅にやりながら、おにいさんに向かって声を上げた。

「どうしたもこうしたも、さくらもうすぐこの部屋引き払うだろう？」

「だから何よ」

「だから、団子屋にも一度見せておかないといけないと思って慌てて引っ張ってきたんだ」


おにいさんは当たり前のように言うと、山田さんに食卓の椅子《いす》を勧めた。

「すみません。突然うかがうのも迷惑だと思ったんですけど」

山田さんがまた頭を下げるのに、「気にしないでください」と言いながらも私はおにいさんをにらみつけた。せめて連絡ぐらいしてくれたら部屋を片付けられたのに。この前、久しぶりに会えたことにほっとして忘れかけていたけど、ものすごく身勝手で唐突なのがおにいさんだった。

「せっかく来たのに、そういらいらすることないだろう。とりあえずお茶を淹れるからさ」

私を山田さんの隣に強引に座らせると、おにいさんは慣れた手つきで、勝手にポットで湯を沸かしお茶を淹れる準備を始めた。我が物顔で私の部屋を使うおにいさんに気を悪くしないかと窺ってみたけど、山田さんはてきぱき動くおにいさんを微笑ましそうに眺めているだけだった。

「あ、これ。今日は休みだから、昨日の残りなんですけど。でも、まだ十分食べられるので」

私の視線に気づいて思い出したかのように、山田さんは最中《もなか》を差し出した。

「いつもすみません」

春日庵の最中は餡と皮が別々になっていて香ばしい。贈答用に使われることが多く、春日庵では珍しく上等な箱に詰められている。

「お邪魔するのに残り物なのも申し訳ないですけど」

「いえ、嬉しいです」

「それならよかったです」

「ええ」

春日庵の居間でしょっちゅう二人で話しているのに、初めての場所で過ごすのは落ち着かないのか、私も山田さんもそわそわしながらお茶が入るのを待った。おにいさんだけがのん気に湯呑《ゆのみ》を温めている。

「ところで、どうして突然？　どこかでおにいさんに会ったんですか？」

駅に向かう途中で運悪くおにいさんに遭遇してしまったのだろうか。私が訊くと、山田さんは首を横に振った。

「いえ。そろそろ家を出ようと準備してたら、お兄さんが店までやって来てくれたんです」

「店まで？」

「ええ。行かないといけない場所があるのに、ぼんやり団子こねてていいのかって……。まあ、今日は休みなので、団子はこねてはいなかったんですけどね」

「ちょっと、おにいさん仕事はどうしたのよ」

春日庵は水曜日が定休日だけど、おにいさんの休みは土日のはずだ。それなのにどうして山田さんの家まで行き、ここにいるのだろう。

「ちょっとだけ早退したんだよ。今日得意先でお茶と和菓子が出てきてさ。なんか小さな蒸し饅頭みたいなやつ。それを食べてたら、団子屋の和菓子のほうがおいしいと思って、はっと気づいたんだよね」

「何を？」

「団子屋をさくらの家に連れて行かなくちゃってことに決まってるじゃん」

「はあ……」

それは仕事を早退してまですることだろうか。相変わらずの突拍子のなさに、私は呆《あき》れるしかなかった。

「ほら、僕って責任感強いだろう。思い立ったら、仕事が手につかなくなってさ」

おにいさんは淹れたてのお茶を私と山田さんに渡すと、私たちの前にどかっと座った。

とりあえずお茶が入ったのだから、一息入れよう。私はあれこれ訊くのはやめて、山田さんが持ってきてくれた最中の包みをほどいた。

「一度、さくらさんの家、見てみたいと思ってたんです。さくらさんがどんなふうに暮らしてるのか知りたかったし」

山田さんはお茶を一口飲んでから部屋を見渡した。

「何もない部屋ですけどね」

私の部屋はお世辞にもかわいいともおしゃれとも言えない。簡素なベッドとタンスを置いただけの寝室と、実家から譲り受けた古いテーブルと椅子が置かれたダイニング。たまに友人が来ても、褒めてもらうことはまずない。

「すっきりしてていいじゃないですか。うちはどの部屋もごちゃごちゃしてますから」

「確かに山田さんの家、物がたくさんありますもんね」

「みんな捨てられない性分で、たまる一方です」

山田さんは肩をすくめた。

山田家は居間も台所も物が溢れている。長い間、家族が引き継いで住んでいるというのがよくわかる家だ。お義母さんは口癖のように、処分しないと片付かないのよねと言ってはいるけど、何か捨てられたのを見たことはない。

「さくらの部屋はいつでもどこへでも引っ越ししやすくていいよね。ああ、でも、今度は定住か。しかも団子屋の二階だなんて恐ろしい」

おにいさんは最中をほおばりながら身を震わせた。

「本当にそうですよね。父や母と同居だし店と住まいが一緒だし……」

山田さんは申し訳なさそうに言ったけど、十分承知の上だ。

「いいんです。どこでも」

私はそう言うと、おにいさんに「いちいち大げさなこと言わないで」とくぎを刺した。お義母さんたちとの暮らしも春日庵での生活も、私を脅かしたりするものではない。

「ま、住む場所はあんまり関係ないもんね。そこに誰がいるかだし」

おにいさんは勝手にまとめると、「そんなことより、お腹減った。最中でお腹膨らませるなんてだめだな。団子屋ささっと何か作ってよ」と言い出した。

くつろいでしまっていたけど、もう六時を過ぎている。おにいさんに押しかけられて行きそびれていただけで、今日は山田さんと外食をする予定だ。

「本当だ。もういい時間だね。私たち、夕飯食べに行くんだった。そろそろ出ないと」

私はこの場を切り上げようとそう言った。けれど、おにいさんは帰ろうとはせず、

「部屋見て終わり？　ここで夕飯ぐらい食べなきゃせっかく来た意味ないじゃん。ね

え」

と山田さんに言い寄った。

「どうしてそうなるのよ。山田さんと私は出かけるんだって」

おにいさんの言い分を私はきっぱりとはねのけた。

「僕、仕事早退してきたんだよ。三十分そこそこでさよならって、まさかそんなわけにいかないだろう？　団子屋もそう思うよね」

「まあ、そうですね」

すっかりおにいさんは山田さんを味方につけている。そんなことを言われて、山田さんが出かけられるわけがない。

「私たちにだって都合があるの。勝手にいろいろ決めないでよ」

ここは身内の私がしっかり断らないといけないと意気込んではみたけど、おにいさんが耳を貸すわけもなかった。

「二人とも結婚前に無駄遣いしないほうがいいよ。家で食べれば、節約になるし」

「そんなこと心配してもらわなくていいから、ほら、今日は帰って」

私が何を言おうが動じることなく、おにいさんは「何があるかな」と冷蔵庫の中を物色している。もはや諦めるしかなさそうだ。私がため息をつく横で、「せっかくお兄さんもいることですし」と山田さんはにこりと笑った。

「冷蔵庫にはあんまりたいしたものないなあ。団子屋の得意料理って何?」

一通り食材を確認したおにいさんに訊かれて、

「実は僕、団子しか作れないんです」

と山田さんがおずおずと申し出た。

「意外ですね」

「団子屋なのに!?」

私もおにいさんも少し驚いた。和菓子屋だとはいえ、食べ物を作ることを仕事にしているのだから、それなりに何でも作れるのだと思っていたのだ。

「よくがっかりされるんですけど、和菓子ってなんだか作業に近くて、料理とはまるで違うんですよね」

山田さんが照れくさそうに言って、おにいさんは「なあんだ。和菓子みたいに手の込んだ和食が食べられると思ったのにな」とぼやいた。

「じゃあ、おにいさんが作ればいいじゃない。この台所だって使い慣れてるし、それこそ料理上手でしょ?」

私はおにいさんに向かって言った。この中で一番料理がうまいのはおにいさんのはずだ。山田さんも「一度お兄さんの料理を食べてみたいです。さくらさんに料理教えてるくらいですもんね」と目を輝かせている。私よりおにいさんの作った物を食べたがるなんてなんだか山田さんらしいなと思いながら、「そうそう」と私も加勢した。

「そう言われてもな……」

おにいさんは偉そうに言っていたくせに、歯切れ悪く答えた。

「今日は私に教えなくていいんだし、おにいさんの作りやすいものでいいよ」

「そうです。お兄さんの好きなものを適当に作ってくだされば。お願いします」

「うーん。そうだなあ」

私たち二人にたきつけられたおにいさんは、またもや冷蔵庫の中をのぞきはじめた。

「どうしようかな……。団子屋もさくらも気に入るものとなると難しいな」

「大丈夫です。僕は好き嫌いないですから」

「いくら団子屋とはいえ、客に下手なものを食べさせるわけにはいかないし」

「客だなんて、気を遣わないでください」

「そうだけどさ……」

プレッシャーに弱いおにいさんは、冷蔵庫の前で深刻に首をひねっている。その姿はなかなかおもしろくはあるけど、少しかわいそうになって、私は助け船を出すことにした。

「だったらみんなで作ろうよ」

「え？」

「みんなそれぞれ作れるものを作るってどう？　そうすれば三品出来上がるし」

私の提案に、「楽しそうですね。僕、目玉焼きなら作れます」と山田さんが賛成した。

「じゃあ、私はスパゲティを作ろうかな。と言っても、パスタをゆでてレトルトのミートソースかけるだけだけど」

「よくそれで作るって言うな」

「そう言うおにいさんは？」

「そうだなあ……」

おにいさんはもう一度冷蔵庫を眺めると、冷凍しておいたご飯を取り出した。どうやらチャーハンを作ることに決めたようだ。

「よし、じゃあ、みんなで取りかかりましょう」

私は景気よく言ったけど、おにいさんと二人ですら身動きできない台所に三人もいるとなると、狭苦しさと言ったらなかった。私がパスタをゆでている横で、おにいさんがチャーハンを炒《いた》め、パスタがゆで上がるのを待って、山田さんがそそくさと目玉焼きを作る。作っているのは三品だけだけど、そのめまぐるしさだけはどこかの厨房《ちゆうぼう》のようだ。

「さくらさん、塩ってどこですか？」

「うわ、さくら、パスタのゆで汁チャーハンの中に入ったじゃんか」

「ちょっとおにいさん、後ろ通るから詰めてよ」

みんなで騒々しく動きながら、出来上がったのはスパゲティに目玉焼きにチャーハン。食卓には統一性もバランスもない料理が並んだ。

「こういう栄養のこと全然考えてない献立って、かえって食欲そそるよね」

おにいさんがそう言って、みんなさっそく思い思いに箸をつけた。

「さくらのスパゲティはそうだなあ。ま、レトルトのソースだけに妥当な味だな。えっと、団子屋の目玉焼きは、黄身が固まりすぎてなくてちょうどいいよ。大福ほどおいしくはないけど」

おにいさんはいちいち感想を述べながら、料理を口に運んだ。

「山田さん料理できないって言ってたから、とんでもなかったらどうしようって思ったけど、なかなかです」

私も目玉焼きを食べた。ほんのり塩味の効いたやわらかい黄身は、なんとなく春日庵の和菓子と似ている。

「卵割って、塩ふって焼いただけですけどね。それにしても、お兄さん料理上手ですね」

「本当。ほとんど具がないのに、このチャーハンすごくおいしい」

ねぎと鰹節《かつおぶし》しか入っていないのに、おにいさんのチャーハンは絶品だった。鰹節がご飯の水分を吸って、ぱらりと仕上がっている。

「まあな。大学生の時、一人で作ってよく食べてたんだ」

「それでお兄さんの得意料理になったんですね。僕も大学の時は一人暮らしだったから、目玉焼きばかり作ってました」

「目玉焼きじゃお腹膨れないのに？」

「インスタントラーメンと目玉焼き、コンビニ弁当と目玉焼きという具合に何にでも組み合わせてたんです。卵を食べておけば体にいいと思ってたんですけど、とんでもない食生活ですよね」

山田さんが懐かしそうに言って、それからおにいさんと山田さんは、大学時代の話で盛り上がった。洗濯ものを一ヶ月ため込んだり、夜な夜な友達と飲み明かしたり、授業には出ずにバイトに精を出したり。とんでもない話が続々と出てきて、そのたびに二人も大笑いした。

　友達ほど密じゃないし、知り合いほど不確かでもないし、兄弟ほど確固たるものがあるわけでもない。丁寧に話す山田さんにぞんざいな口調の十四歳も年下のおにいさん。妙な組み合わせの二人だけど、食べながら話している姿は、本当に楽しそうだ。二人の思い出話に、「うそでしょう」と顔をしかめながら私もくすくす笑った。

「私、山田さんともおにいさんとも食べてばかりの気がする」

　作った物を全部食べ終え、最中も平らげた私は、いっぱいになったお腹をさすった。

「さくらは食いしん坊だから。僕もお腹膨れたし、そろそろ帰ろうかな」

「お兄さん電車がなくなったら困りますもんね」

　山田さんに言われて壁の時計に目をやると、もう十一時を過ぎていた。三品食べただけなのに、あれこれ話していたせいか、五時間以上も経っている。「急がないとね」私は二人を見送るために立ち上がった。

「今日はさくらさんの部屋に来られてよかったです。お兄さんもありがとうございました」

　アパートの前で、山田さんは私とおにいさんにぺこりとお辞儀した。

「まあ、いいって。今までは兄だから僕のほうがさくらのことをよく知ってたけど、これからさくらと団子屋は一応とりあえずひとまず家族になるんだし、引継ぎみたいなもんだな。ま、部屋ぐらい見ておかないと」

兄だとしっかり主張し、私のことを知ってると豪語する。今ではそんなおにいさんに疑問も反発も感じなくなっている。ただ「来る前にはちゃんと連絡してね」とだけは注意しておいた。

「そこまで送っていくのに」という私を、「男同士の話があるからな」「たまには二人もいいですね」とアパートの前で振りきって、おにいさんと山田さんは肩を並べて帰って行った。

どっしりした背中の山田さんと、軽い足取りで歩く華奢なおにいさん。二人の後ろ姿が完全に見えなくなると、とたんにしんとした。突然騒々しくなって、あっけなく静まってしまう。なんだか夏休み最後の日が終わる時のような心地がした。

17

梅雨入りしただけあって、雨が降ってはやむ日が続いていた。ここ最近の空はどんよりと雲が覆っていてすっきりとした太陽をしばらく見ていない。晴れないと片づける気も起きないのだけどそうも言っていられない。あと一週間ほどで春日庵に引っ越すのだ。かろうじて雨がとどまっている時を狙って、部屋を整理することにした。

「お兄さん、しっかり持ってよ。これを玄関まで運べば終わりなんだから」

すみれが偉そうに言って、「僕、もう疲れて力出ないんだよね」とおにいさんが情けない声を出した。

土曜日だったおかげで、いらない物をリサイクルセンターへ持って行くのに、朝からすみれが手伝いに来てくれた。そして、おにいさんもしっかり嗅《か》ぎつけてやってきてくれたのだ。

「こないだ団子屋と来た時、いくつか段ボールがあったし、さくら、日曜は手伝いに行くだろう？　アパートの片づけは今日あたりだろうと思ったんだ」とジャージ姿で駆けつけたおにいさんは、勘が当たったことを誇らしげにしていた。

当然ながら見ず知らずのおにいさんの出現に、すみれは怪訝な顔をした。だけど、私の「お兄さんというか、なんというか……」というあやふやな紹介で、「なあんだ」と簡単に納得し、「いつもさくらの世話をしてるんだ」と勝手なことを言うおにいさんにお礼まで言っていた。山田さんだけならまだしも、すみれまで。私の周りの人はどうしておにいさんに対してこうもおおらかなのだろう。

「すみれ、不思議に思わないんだね」

怪しまれなくてよかったはずなのに、私はそう訊かずにいられなかった。

「何が？」

「何って、この人。すみれの知らない人なのに、私のお兄さんって変じゃない？」

「変じゃないよ。お兄さんみたいな人とか妹みたいな人なんて、いくらでもいるじゃない」

すみれはあっさりと言った。

「そうかな」

「そうだよ。私だって職場の三宅《みやけ》さんのこと、姉さんって呼んでたよ。頼りにしてたからね。まあ、この人は頼りにはなりそうもないから、お兄さんっていうより、弟、いや、なんかペットみたいだけど」

すみれがそう笑うのを、おにいさんは「失礼だな」と言いながらもけたけた笑った。

「思ったより時間かかったね」

「さくらの部屋、物がないとは言っても、引き払うとなると大騒動だな」

荷物を運び終えたすみれとおにいさんは、二人並んで食卓の前に座った。

「本当、助かったよ。すみれ、今日はさやかちゃん幼稚園休みなのに、駆り出しちゃって悪かったね」

私は台所でそばをゆでながら言った。いらないものを処分しただけなのに、「引っ越しそばを食べよう」と、おにいさんに作るよう頼まれたのだ。

「いいよ。今ごろだんなが嬉しそうに面倒見てるから。それに、食器も靴箱ももらっちゃったし」

「ちょっと、僕は？　僕だってせっかくの土曜だったんだけど」

すみれが答える横で、おにいさんが抗議した。

「もちろん、おにいさんにも感謝してるよ。男のきょうだいがいるのはすごく便利って、初めて思った」

小さなソファに本棚に靴箱にラック、食器に紙袋いっぱいの古本。一人で運んでいたら、時間も労力も倍はかかったはずだ。

「だろ？　僕、引っ越し屋になろうかな」

「無理無理。こんなに軟弱でなれるわけないよ。私のほうがいっぱい運んだし」

調子よく言うおにいさんに、すみれがつっこんだ。

「確かにそうだな。すみれさん、力あるんだね。驚いちゃった」

「毎日子ども担いでるからね」

「たくましいな」

「そう。お姉ちゃんやお兄さんとは違うんだって」

「できたよ。さあ、食べよう」

盛り上がっている二人の前に、私はそばを運んだ。物がなくなってすっきりとしたせいか、少しひんやりとした部屋に湯気が揺れている。

「おお、ねぎと天かすと卵しか入ってない。あんなに手伝ったのになあ」

「うるさい人だね。卵が入ってるから上等なの。お姉ちゃんも早く食べなよ」

「うん、いただきます」

一緒に作業をしたせいか、初対面のすみれとおにいさんはすっかりなじんでいる。二人がそろってそばを食べるのに、私は胸がくすぐったくなるのを感じた。

「もうあと一週間だね。お姉ちゃんがこの部屋にいるの」

すみれがそばを冷ましながら、部屋の中をぐるりと眺めた。

「もっと先の気がしてたんだけどね」

私もなんとなく部屋を見渡した。

生活するのに必要最小限のものだけになった部屋は、がらんとしている。十年以上も住んでいたこのアパートをもうすぐ離れるのだ。ここで過ごした時間を思うと、実家を出た時以上に感慨深かった。

「お姉ちゃん、もしかして迷ったりする？」

「え？」

「結婚直前になって、どうしようって思ったりするんじゃない？　私は独身最後の一週間は後戻りしたくなったな」

「そんなことはないよ」

すみれの言葉に、私は首を横に振った。結婚を決めたことに後悔はない。山田さんがいい人だというのは、時間を重ねるほどよくわかった。けれど、新しいことに踏み切る時は、落ち着かなくなる。仕事を辞め、一人暮らしも終わる。次々といろんなことが閉じられていくのだ。どんな決断をしたって、何かを変える時にはこれでよかったのかという気持ちが付いて回る。

「ま、予想どおりに行かなくたって、さくらが幸せに思えるんならそれでいいじゃん」

感傷にふけりそうになっている私たちに、そばのつゆを飲み干したおにいさんが軽やかに言った。

「そうだね」

おにいさんでもまともなことを言うんだなとうなずいた私は、はっとした。

「私、その言葉知ってる」

「そう？　ありきたりの台詞だもんな」

「ううん、そうじゃなくて、昔、同じことを同じような調子で言われた気がする」

ずっと前、私は「思い描いたとおりに生きなくたって、自分が幸せだと感じられることが一番だ」と教えられた。そして、その言葉に救われた。今と同じように気持ちがほどけるのを、前にも感じたことがある。

「さすがお兄さんみたいな人だけあって、お姉ちゃんと同じ言葉を知ってるんだね。私はそんな言葉聞いたことがないなあ。ってことは、頼りないお兄さんとは他人ってことだな」

すみれがそう茶化して、

「僕もこんなパワフルな妹、持て余しちゃうけど」

とおにいさんが返した。

「ちょっとひどいじゃない。お姉ちゃんは持て余してなんかないよね。ね、お姉ちゃん」

前にこの言葉を聞いた場面を浮かべようとしていた私は、すみれの声に慌てて「そうそう、もちろん」とうなずいた。そんな私を、おにいさんもすみれも「適当だなあ」と笑った。

何の関係もないはずのおにいさんとすみれの笑い方は、とてもよく似ている。二人とも小さなことでも声を立てて本当におもしろそうに笑う。その声を聞くだけで、愉快な気持ちになる。こんなふうに三人がそろう場など、もうないかもしれない。私は、こないだ山田さんとおにいさんが帰った後のぽっかりとした気持ちを思い出した。ここで過ごせる時間は、あとわずかだ。貴重な時間を、昔を思い出すのに使うなんてもったいない。

「すみれのパワフルさは、いざって時に頼りになるんだよ。おにいさんはおにいさんでこう見えてまじめなところもあって……」

私はおにいさんのこと、すみれのことを次々に話した。改めて口に出してみると、すみれの存在がいかに心強いかがよくわかる。それに、おにいさんのことを意外に知っている自分に驚かされる。わずかな時間しか共に過ごしていないのに、おにいさんとのエピソードは話すのに十分あった。

おにいさんは初めて知るすみれの情報に興味津々で、あれこれ訊いては「それはさくらに似てる」とか「姉妹でも全然違うんだな」などと感心していた。すみれはそんなおにいさんを、「変な人だね」と言いながらも楽しそうに笑っていた。

「そろそろ帰ろうかな。もらった靴箱も食器も、家に運ばないといけないし。お兄さん、手伝ってくれるでしょう」

ひとしきり話し終えると、すみれはお茶をごくりと飲んでから立ち上がった。

「えー、もう僕、疲れてるんだけどなあ」

おにいさんが顔をしかめながら後に続く。

「そう言わずにもうひとがんばりしてよね」

「すみれさんって厳しいな」

「ぶつぶつ言ってないで、お兄さん早く」

「まったく人使い荒いんだから」

文句を言い合いながらも、一緒に靴箱を持ち上げる二人の息はぴたりと合っている。

山田さんとおにいさんに、すみれとおにいさん。もうすぐ明け渡す部屋から、意外な人たちを見送るものだ。

「気をつけてね」

靴箱を運ぶ二人を、私は手を振って送り出した。

18

「今日の夕飯は、最終回だからやっぱりきんぴら」

おにいさんからそうメールが届いた時から、胸が騒いだ。おにいさんが「やっぱり」と言うように、私もきんぴらに覚えがある。

「ごぼうもにんじんもちょっと厚めで」

「こんな感じだよね？」

「そう。さくら、ばっちりじゃん」

おにいさんの指示どおり根菜を切りながら、私はずっと閉ざしていたものが今にも開こうとしているのを感じた。もう思い出さなくたっていい。おにいさんが誰だっていい。昔にとらわれるより、今を過ごすことのほうが貴重だ。そう思い始めていたのに、きんぴらを糸口に、覆っていた靄《もや》はあと少し風が吹けば消え去るくらいに薄れ始めている。壁の向こうにあったものが、姿を現そうとしている。いや、私はどこかですでに答えを知っていて、それを手に取る時が来ただけなのかもしれない。

きんぴらが出来上がっていくのと同じように、一度手がかけられた扉は止まることなく開いていく。ただ、おにいさんが近づいてくる中で、きつく閉められたはずのふたが徐々に緩んでいたのだろうか。包丁を持つ手はかすかに震えてはいるけど、苦しさはなかった。あれほど必死で奥底に押しやったものが外に出ようとしているのに、不安はなく心が沸き立つようにそわそわするだけだった。

「ごま油の匂いって食欲そそるね」

おにいさんは火にかけたフライパンの前で大きく息を吸い込んだ。

「本当に」

私も同じようにかいでみる。こうばしい香りに、お腹が一気にすいていく。そうだ。どんな時だって、自分を知っている人がそばにいておいしいものがあれば、お腹はちゃんと減るのだ。

「さくら、辛いの大丈夫だったよね。よし、ちょっとだけ」

おにいさんは仕上げに唐辛子を入れた。ごぼうだけじゃなくいろいろな根菜やこんにゃくが入った、ぴりっとした味付けのきんぴら。このきんぴらはよく知っている。

「やっぱり、食べたことがある」

きんぴらを一口食べて、私はそう言った。

「だろ？」

おにいさんはみそ汁を飲みながらにこりと笑った。きんぴらはごちそうだからと、今日の献立はご飯とわかめのみそ汁ときんぴらだけだ。

「この具だくさんのきんぴら、私、よく食べてた」

「そう。僕の家のは、ごぼうだけじゃなくてにんじんもこんにゃくもれんこんも入れるんだ。しっかり油で炒めて、最後に唐辛子で辛味をつける。これならいくらでもご飯が食べられるからね」

おにいさんは自慢げに言って、ご飯をほおばった。

体重がみるみる減っていったあのころ、とにかくパワーをつけなさいときんぴらを何度も食べさせてもらった。根のものは力がつくからって。「少しでも元気つけてな」その言葉に、どれだけ励まされただろう。だけど、その言葉に何一つ応えられなかった。

「思い出したくなかった？」

おにいさんが心配そうに訊くのに、私は首を横に振った。

嫌なことばかりだった。忘れたいことばかりだった。だから、忘れようと努力した。忘れなくては、前に進めなかった。封印したきり取り出さなかったあの一年間。でも、その消し去ろうとした日々の中にも、すてきなことはあったのだ。

「小森《こもり》さん？」

「そう、小森……」

「待って、下の名前もわかる」

私は名乗ろうとしたおにいさんを止めた。

「えっと、確か、そう、いぶきだ」

「うん」

おにいさんはこくりとうなずいた。


私は子どものころから、小学校の教師になりたかった。何より子どもが好きだったし、学校も好きだった。みんなで何かを吸収して成長していく場所。そんなところで働けるのはすばらしいことだ。そう思っていた。

熱い思いでいっぱいだった私は、大学四年生の時、東北から中国地方まで試験日が重なっていないいくつかの県で教員採用試験を受けた。学校という場で働けるならどこだってよかった。その中で岡山県の試験に受かり、岡山でも山奥にある小学校に配属された。

新任教師はよく田舎に配属されるが、その地域では若い教師が来ることが珍しく、学校を挙げて私を迎えてくれた。各学年一クラスしかない小さな学校だったが、その分素朴で温かい雰囲気に満ちていた。担任することになったのは二年生。前年度までベテランの先生が持っていた落ち着いたクラスだった。夢だった日々が始まろうとしている。思い描いていた未来に踏み出そうとしている。十八名の子どもたちのキラキラした笑顔に、私の胸も高鳴った。

ところが、私は驚くほど学校にはまらなかった。

最初は、違う土地から来た私を子どもたちは遠巻きに見ていた。まずはこの距離を取り払いたいと、子どもたちの中に入り込むことに私は必死になった。休み時間も放課後も子どもたちと過ごし、共に笑い共に遊び、泥だらけになった。そのかいあって、なじむのに一ヶ月もかからなかった。しかし、これが失敗だった。

五月も後半になると、だんだんクラスがだれだした。授業中黙っていられず、当番活動がいい加減になる。注意をしてもなかなか通らない。そのころになって、私はようやく自分の過ちに気づいた。私は子どもたちにとって、友達であって教師ではなくなっていたのだ。わずか七、八歳の子どもだ。本気で叱ればなんとかなると奮起したが、どれだけ声を張り上げても、子どもたちはびくともしなかった。

もちろん、他の先生たちは手を差し伸べ、アドバイスもしてくれた。子どもを名前じゃなく苗字で呼ぶほうがいい。むやみに怒鳴らず子どもが動くまで待っておくほうがいい。私はそれらを懸命に取り入れ、次々に実践した。そして、それが子どもたちを困惑させた。昨日と態度が違う私に、子どもたちの不信感は募るばかりだった。


「もっちー、僕、図工の用意忘れちゃった」

「もっちー、今日の昼休みは私たちとかくれんぼしようね」

二学期も中盤になったある日の朝の会の前だ。いつもと同じように教室に入って来るなり声をかけてきた子どもたちに、私は返事をしなかった。

子どもたちが私を先生ではなくもっちーと呼ぶのを、最初は親しみを持ってくれているのだと嬉しく感じた。けれど、もっちーでは子どもたちとの距離をとれない。他の先生たちにも指摘された部分だ。

「もっちー、無視してる」

「もっちー、聞こえないの?」

「もっちー、声が出なくなっちゃったの?」

子どもたちが文句を言いながらも席に着いたのを確認すると、私は努めて冷静な声を出した。

「先生、もっちーじゃないんだ。もっちーだったら返事できないよ。ちゃんと先生って呼んでくれるかな。じゃないと話せないから」

　私がそう言い渡すのを、子どもたちは目をしっかりと開いて見ていた。おとなしく聞いてくれているように思えたが、しばらくしてクラスで一番活発な女の子が、「変なの。もっちーの言うことってわけわからない」と言い、他の子たちも、「だったら呼ばなくていいんだよね」と賛同した。

　子どもたちは、私が返事をしなくても何も困らないようだった。避けられて先に音を上げたのは私だった。

「わかったよ。もっちーでもいいから、ちゃんと先生のほう向いてくれる？」

　その日の四時間目には、私はもうそう言っていた。

　一度許してしまったルールを元に戻すのは難しい。緩めてしまった手綱は簡単には引くことができない。それを知るのが遅すぎた。


「これだから外から来た先生は困る」「他のところの人は、何もわかっていない」「担任を替えてほしい」そういうたくさんの苦情が保護者から寄せられるようになり、先生たちからも「二年生だけ許されてると、うちのクラスの子どもからも不満が出るから」「ちゃんとさせてもらわないと他にも影響する」と言われることも増えてきた。

愛情を持って接すれば子どもには伝わる。そのはずなのに、どう動いてもうまくいかなかった。先の見えない洞窟《どうくつ》。もはや、光が差し込む方向さえ見当が付かなくなっていた。

その時の校長先生が、小森校長だ。若くして校長になった力のある先生で、子どもたちだけでなく先生たちからも保護者からも慕われていた。校長でありながら休み時間のたびに外に出ては子どもたちと遊び、それでいて集会などではみんなに整然と話をした。全校児童の名前をフルネームで言え、どの職員の状況も正しく把握している。有能であるのに気配りを忘れない、そんな先生だった。

校長先生は私にもとてもよくしてくれた。「あんたはわしにとっては娘も同然だ。何でも言ったらいい」といつも声をかけてくれ、地域を案内してくれたり、自分のところの畑で穫《と》れた野菜をくれたりした。二学期も中盤になるころには、働きはじめた時より五キロも痩《や》せた私に、度々奥さんが作ったきんぴらを持ってきてくれた。何度も教室に来てくれたし、一緒に保護者に話もしてくれた。だけど、私は自分の力で状況を好転させることはできなかった。

結局、三学期になると同時に、学級にベテランの先生が入り、二人でクラスを見ることになった。私一人の力では、どうしようもなくなっていたのだ。他の先生が加わって誰よりも安心したのは、子どもたちだった。子どもたちのほっとした顔に、私は思い知った。一生懸命にやってもうまくいくことばかりじゃないし、努力すれば許されるものでもない。私は教師には向いていない。やりたいこととできることは違うのだ。正しいことが成立しないクラスにいることで、一番被害にあうのは子どもたちだと。

辞めることを決断した時、小森校長は「つらい思いをさせて申し訳なかった」と私に謝った。そして、仕事を投げ出すふがいなさに落ち込む私に、「思い描いたとおりに生きなくたっていい。つらいのなら他の道を進んだっていいんだ。自分が幸せだと感じられることが一番なんだから」と言ってくれた。

「親父、ずっと気にしてた。さくらがたった一年で辞めたの、自分のせいだって」

おにいさんはささやくようにそっと言った。

「そんなことないのに」

辞めたのは私だけのせいだ。周りはとてもよくしてくれた。私の能力不足。それ以外に理由は何もない。

「あんなに意気揚々としてた若い芽を摘んでしまったなんて申し訳ないって、言ってたよ」

「すごくよくしてもらったのに」

小森校長の姿を思い浮かべると、自然と涙がこぼれた。おにいさんの言っていたとおり、先生は周りから立派な人格者だと信頼されていた。でも、それ以上に温かい思いやりに満ちた人だった。

「大丈夫？」

そう言うおにいさんに、私は小さくうなずいた。

苦さや懐かしさや切なさが入り混じって、涙は流れた。あの時の自分や周りの人たちを思い出すと、胸は痛くなった。だけど、それだけだ。何年か振りに光を当てられた日々は、とても静かによみがえった。取り出せば進めなくなる。そう思っていた時間は、ただゆっくりと広がるだけで、無駄に私を苦しめたりはしなかった。

「さくらが辞めた後も、親父、時々話してた。さくらはどこに行っても一生懸命するだろうけど、どつぼにはまると抜けだす方法がわからずに掘ってしまうところがあるから心配だって」

「だからおにいさんが私のことを？」

「そう。ずっとさくらのことを親父から聞かされて、六年間さくらのことを親父に連絡させられてた」

おにいさんはかばんから一通のはがきを取り出して、私に渡した。私がここに戻り就職が決まった時に、校長先生に宛てた手紙だ。無事に働く場所が決まったこと、元気でやっていること、お世話になってしまったということが書かれている。

「僕がこっちの大学に行くことになった時、親父に渡されたんだ。本当に元気なのか、うまくやってるのか見てきてほしいって」

「それで六年間も？」

「すごいだろ？　でも、全然面倒じゃなかった。さくらは僕にとっても貴重な人だから。会ったのは一回だけだったけどね」

「そっか。十二月二十四日だ」

私が言うのを、「そう。十二月二十四日」とおにいさんが繰りかえした。

二十三歳の誕生日を迎える三日前の十二月二十四日、小森校長先生の家に招かれた。二学期の終業式がクリスマスイブで、ついでに私の誕生日も近いのだからお祝いしようと招待してくれたのだ。

「すみません、迷惑ばかりかけてるのに」

恐縮する私に、先生はにこやかに「今日は学校のことは忘れて、たらふく食べてゆっくり過ごそう」と言ってくれた。

「この人、いつもさくら先生のこと娘みたいだって話してるのよ。話どおりのかわいい先生だわ」

奥さんは私が持って行ったケーキを冷蔵庫にしまいながら、楽しそうに話した。校長先生より少し若い奥さんも、先生と同じように人の好《よ》さがにじみ出ている。

「本当にお世話になっています」

私はぺこりと頭を下げた。

「うまく生まれてたら、ちょうどさくら先生ぐらいの歳になってたかな。そのせいか、勝手に娘みたいに思ってるのね。あれこれ世話を焼かれて、さくら先生からしたらありがた迷惑よね」

生まれることなく二人の子どもを亡くしたという奥さんはそう言うと、「自分の家のように思いっきりくつろいでね」と微笑みかけた。初めての校長先生の家だというのに、奥さんの細やかな気遣いと大らかな口ぶりに、私はすぐに和むことができた。

「うわあ。おいしそうですね」

「いつもはたいしたもの作らないんだけどね。久しぶりにごちそう作っちゃった」

一通り挨拶が済むと、奥さんはきんぴらやらハンバーグやら巻きずしやらをテーブルに並べはじめた。にぎやかな食卓に、私はお腹が減っているということを久しぶりに感じた。打ち解けた空間に温かい人たち。それだけで食べ物はぐっとおいしそうになる。

準備が整い始めて、「ところで、息子さんはどこですか?」と私はリビングを見回した。校長先生には自慢の息子がいるはずだ。けれど、「どうだろう、部屋かな」校長先生はそう答えたきり、「シャンパンを取ってくる。冬は冷蔵庫よりよく冷えるからね」と庭に出てしまい、奥さんも「あ、ローストチキンが焼きあがった」とオーブンに向かった。二人が忙しく動き出したから、「じゃあ、呼んできますね」と私は二階へと上がった。食事ができて子どもを呼ぶのは、ごく自然なことだと思ったのだ。

「用意できたよ」と声を出しながら、私は「IBUKI」とローマ字のプレートがかかった部屋をノックした。ところが、「おーい、いぶき君、始まるよ」と何度声をかけても、反応はない。寝ていたのだろうか、三十回はノックしたあと、やっとジャージを着たいぶき君が出てきた。色白のいぶき君は、少しだけ開けたドアの向こうから私をまぶしそうに見ていた。

「ごちそうだよ。行こう」

突然知らない人が現れて戸惑っているのだろう。でも、もう食事が始まる。自己紹介は後だ。私は困った顔のいぶき君の手を取って、そのまま食卓まで連れて行った。

「いぶき君は人見知りなんだね」

「まあ」

「何かクリスマスプレゼント頼んだ?」

「うん」

「いぶき君の好きな食べ物って何?」

ごちそうが山ほど並んでいるのに、食卓の空気はどことなくぎこちなかった。校長先生も奥さんも私がいるせいか、いぶき君に少し接しにくそうにしている。他人の私がいるせいで、せっかくの家族のクリスマスがよそよそしくなってしまっている。申し訳なくなって、私はいぶき君にせっせと話しかけた。

「いぶきっていい名前だよね。春生まれなの?」

「うん」

「そうだ、二学期の成績どうだった?」

「まあまあ」

けれど、いくら質問を投げかけても、いぶき君は心もとなく答えるだけだった。

校長先生が「さくら先生は二年生の担任なんだよ。いぶきの三つ下の学年だな」と私の紹介をしても、奥さんが「さくら先生、三日後に誕生日なんだって。お祝いしなくちゃね」とはしゃいだ声を出しても、戸惑ったままだった。

そんないぶき君が唯一違った顔を見せたのが、盛り上げようと、「そうだ、いぶき君なぞなぞ出してよ」と私が言った時だ。

「え？」

「お父さんがいつもいぶき君の自慢をしてるんだ。いぶき君はすごいんだって。難しいなぞなぞだってたくさん知ってるって」

私がそう言うと、彼の顔はすっとほころんだ。緊張や戸惑いがほどけて、光が差し込んだようにきらめいた表情。その顔は、私の頭の隅にずっと残っていた。

「それでおにいさんのメールアドレス、１２２４なんだ」

「そう。キリストのことはよく知らないけど、さくらが来た日、僕は久しぶりに外へ出たんだ」

「おにいさん、あのころこもりがちだったんだ。そうとは知らなかったから……」

だから、おにいさんは部屋にいて、あの夕食はぎこちなかったのだ。何も知らないというのは、良くも悪くも大胆だ。私は小さく肩をすくめた。

「さくらが連れ出してくれてよかったんだよ。親父やおふくろだって、ぎょっとしながら喜んでたはずだよ」

「そうだといいけど」

「それに、さくらは僕が初めて会う外の人だったから、あの日はとても新鮮だったんだ」

外の人。悪意もなく、あの地域の人たちは私のことをそう評した。私は都会から来たことを誇らしく思ったことなど一度もなかったし、そう言われるのが苦しかった。でも、外にいたからこそ、できたこともあったのかもしれない。

「さくらと会った日から、よく考えてたんだ。外へ出てみようって。ここの中から出れば、違うものが僕を待ってるのかもしれないって。それで、こもりながらも勉強してたんだ」

「私を見て、都会に憧《あこが》れたの？」

私が言うのに、おにいさんは「さくらに都会の雰囲気なんてまったく漂ってなかったよ」と笑った。

「僕、小学校中盤でもはやだめになってたから、親父にがっかりされてると思ってた。だけど、外から来たさくらが、僕の知らない親父を教えてくれた。中にいれば押しつぶされそうになるけど、外に出れば他のものも見えるのかもしれない。そう思ったんだ」

おにいさんは軽口もたたかずに、静かに言った。

私はおにいさんみたいに、強い期待を背負わされたことはない。けれど、おにいさんの思いは何となくわかる。私も、自分で思い描いた未来を歩くために、もがいていた。自分で決めたはずなのに、その道を歩くのが困難だった。でも、描いていた道を降りてから、見つけたものはたくさんある。

不器用で鈍くさいけど、まじめな子だ。校長先生はおにいさんのことをよくそう言っていた。職員に指示を出す時とは違って、息子の話になると顔がでれでれになる。歳を取ってできた子どもだからよっぽどかわいいんだろうなと、先生たちはみんな言っていた。

私がそんな話をするのを、おにいさんは「そんな簡単なことを、どうして僕は見抜けなかったのかな」と言いながらも、嬉しそうに聞いていた。

「校長先生、うちの息子はすごいなぞなぞを出してくるんだ、ちょっと解けない問題だって自慢してたけどさ、おにいさんが出したなぞなぞって、たいした問題じゃなかったよね。先生って相当親ばかだったんだ」

私は校長先生が誇らしげに話していた様子を思い出して笑った。

「それを言うなら、さくらのことだって、給食の牛乳をいつも一生懸命飲み込もうとしてる、努力家だって褒めてたよ。好き嫌いしてる時点でだめなのにさ」

おにいさんも同じように笑った。

「そう。私、好き嫌いが多くて、給食の時間は地獄だった。牛乳は毎日出てくるし。考えたら、最初から教師になんて向いてなかったんだよね」

「僕たちって、どっちも学校に合ってない兄妹だったのかも。僕もほとんど行ってなかったし」

「おかしなところが似ちゃうもんだね」

忘れようと切り捨ててから、思い出そうとはしなかった記憶。あれから十三年も経ったのだ。あの一年の出来事は、ほとんど薄れていると思っていた。それなのに、手に取ってみると、いろいろなことがするすると出てきた。一人だと重苦しい出来事ばかりを溢れ出させてしまっていたかもしれない。けれど、誰かと思い出せば、そこに埋もれていたいくつかのすてきな出来事がちゃんとよみがえってくる。

「あれ？　でも、どうして私、妹なの？」

校長先生は私を娘のようにかわいがってくれていたから、家族の一員と思われているのはありがたい。しかし、年齢を考えれば、おにいさんの妹じゃなく姉になるはずだ。

「僕のほうが先に小森家にいるんだから当然だろ。さくらがやってきたのは、僕がもう十一歳になってからだ」

「そんなもんかな」

「そう。このきんぴらだって僕のほうがたくさん食べてるし、小森家についてもたくさん知ってる。だから、小森家では僕が兄で新米のさくらが妹」

それだけのことで、この人は十二歳も年上の私に兄だと言い張っていたのか。

「おにいさんらしい理屈だね」

「ま、家族ってだけでいいじゃん。どっちが兄でも妹でも。いや、待てよ。何かと世話がかかるから、やっぱりさくらが妹だな」

「それ、おにいさんが勝手に世話してるだけでしょう。あ、校長先生と一緒だ」

私は先生の奥さんの台詞を思い出して吹き出した。

「失礼だな。ありがたいくせに。よし、もう一杯ご飯食べよう」

「おにいさん、三杯目だよ」

「小森家のきんぴらは何杯でもご飯が食べられるんだ。それに、思い出話をするとお腹がすくから」

おにいさんはそう言って、私の分もご飯をよそってくれた。

一度しか会ったことがない私とおにいさんには、たくさんの共通の思い出があった。

その時々にはつらいこともやるせないこともあったはずなのに、おにいさんと掘り起こすと、どれもおかしくて少し笑えた。一年の出来事は、いくら話しても尽きることはなかった。お腹がいっぱいになるまで、私たちはたくさん話をし、何度も声を立てて笑った。小さな終わりを抱えた夜は、穏やかに静かに深まっていくようだった。

19

春日庵の定休日、山田さんが朝から出かけましょうと誘ってくれた。

「和菓子屋はわりと季節がわかりやすい仕事ですけど、暦と実際に外を歩くのとは大違いですね」

山田さんはそう言って、深く呼吸をした。雨を含んだ空気はしっとりとした重みがある。

「もう完全に春も終わりですね」

「本格的に夏の和菓子の季節ですね。そう言えば、この前の帰り、お兄さんに水饅頭の作り方を訊かれました。それも、ずいぶん詳しく。お兄さん、よっぽど好きなんですね」

私はあんかけ小豆丼を思い出して、苦笑した。どう間違えたらこんなひどいものが出来上がるのか知りたいとおにいさんは嘆いていたけど、本気だったようだ。

「そうみたいですね。そうだ、そのおにいさんの正体がわかったんです」

「ついにですか？」

「ええ」

私は少し傘を傾けて、ぶ厚い雲を眺めながらうなずいた。

記憶がひもとかれた時、山田さんにも話したい。そう思った。山田さんは今のおにいさんについて私と同じくらいよく知っているし、どんなことでも心地よく聞いてくれる。

「それが、この前の日曜日、きんぴらを食べていて思い出したんです。具だくさんのきんぴらで」

「きんぴら？」

「そうなんです。実はすごく昔のことなんですけど……、私、岡山の田舎の小学校で働いていたことがあって」

「さくらさん、先生だったんですか？」

「ええ。でも、たった一年で辞めてしまったんですけど……。そこでお世話になった校長先生がいて、おにいさんはその先生の子どもだったんです」

「そうだったんですね」

山田さんは初めて聞く話なのに、驚きも動揺もないようだった。私がとりとめもなく話す一年間のことを、いつもと同じように穏やかに相槌《あいづち》を打ちながらただ聞いていた。

今まで誰にも話さなかった出来事は、口にしてみると取るに足らないことに変わっていた。これぐらいの挫折は、生きていくうえでごく自然に起こることだ。ふたを閉めて自分で重苦しい記憶に変えていただけで、その時々にすてきな出会いも出来事もあった。表に出せば、そのすべては懐かしい過去になっていく。

「じゃあ、お兄さんとさくらさんは、本当にまったく血のつながらない兄妹だったんですね」

「そうなんです。だけど、似てるところがいっぱいあるんですよね。おにいさんも私も昔の自分を隠してばかりで、その場になじむのが下手だったところも同じだし」

「遊園地に行った時から、よく似た兄妹だと思ってましたよ」

私が共通点をあげるのを、山田さんは笑った。

「そうですね。……あれ？ ところで、今日はどこへ行くんですか？」

私が話すのに合わせてずいぶん進んでしまっているけど、山田さんは行き先が決まっているのか迷いなく歩いている。

「計画を立てようかと」

「計画？」

「そうです。旅行の」

商店街の組合での日帰り旅行の計画だろうか。本気でそう思っていた私に、山田さんは、

「なんていうか、その、新婚旅行に行きましょう」

と、まるで告白のように言った。

「新婚旅行？　私たちがですか？」

新婚旅行は結婚に当たって、無駄だから省くものの一つだった。「もうお互いいい歳だし、式とか旅行だとかやめましょう」と私が申し出た時、「そういうのは少し照れくさいですもんね」と山田さんも同意していた。それに、春日庵の定休日は水曜日だけだし、山田さんが抜けるのは大きい。私もそれほど旅行が好きなわけではないし、家でゆっくりするほうがいい。だから、わざわざ行かなくてもいいと、二人で決めたことだった。

「どうしてですか？」

「さくらさんが、あれもこれも別にいいと言うのに甘えてましたけど、やっぱり新婚旅

行ぐらい行くべきです」

首をかしげる私に、山田さんはきっぱりと言った。

「でも、私、我慢しているわけでも遠慮しているわけでもなくて、本当に行かなくてもいいんですけど……」

それが私の正直な気持ちだ。店に迷惑をかけるぐらいなら、行かないほうがよっぽど気が楽だ。

「僕が行きたいんです。さくらさんはいやですか？」

「いやではないですけど」

「じゃあ、行きましょう。旅行代理店が駅前にあったはずです」

山田さんはすっかりその気で、楽しそうに歩を進めた。

「うわ、夏ですね」

旅行代理店に足を踏み入れた私は、思わずそう言った。

店内は和菓子屋に負けないくらい季節を先取りしている。海やプールの写真を使ったポスターがあちこちに貼られ、店員はアロハシャツを着て、頭の上には「夏休みツアー満載」と書かれた垂れ幕がぶら下がっている。

「さくらさん、行きたいところはないですか？」

山田さんは早速ところ狭しと置かれたパンフレットを眺めはじめた。

「うーん、どうだろう」

昨日まで新婚旅行に行く予定すらなかったのだから、候補地は全くない。私が考え込んでいると、

「と言っても、休みが取れて三日なので二泊三日しか行けないんですけどね」

と山田さんが申し訳なさそうに告げた。

「十分ですよ」

「そのうえ、顔合わせの食事会が六月二十二日だから、その次の水曜日に出発するとして……、梅雨の真っ最中ですけど」

「大丈夫です。でも、ちょっと急ですよね。二泊三日なら国内のほうがいいかな」

私たちは国内旅行のパンフレットが並ぶラックの前へと移動した。海外よりシックな表紙のものが多い。

「せっかくだから、僕たち二人ともが行っていないところにしましょう。北海道はどうですか？」

山田さんはパンフレットを取り出して私に見せた。おいしそうな食べ物にきれいな夜

景が載っている表紙には惹かれるけど、北海道はすでに一回りしている。

「すてきですけど、大学の卒業旅行に友達と北海道に行ったんですよね。じゃあ、九州は？」

「僕、高校の修学旅行が九州でした」

「そうなんですね。私、教員採用試験を受けるのにあちこち行ってしまってて。さすがに観光はしてませんけど。そうだ、山田さん、四国は？」

「香川県に母の実家があるので、四国はそれこそ何度も。行き先を決めるのって難しいですね」

「本当に」

私はラックの端から端まで見回した。京都に広島に宮城。魅力的なところはいくつもあるし、二人が行っていないところだってまだまだあるだろう。だけど、ここという決め手のある場所は見当たらない。

「それにしても山田さん、どうして突然旅行に行こうなんて言い出したんですか？」

一息入れようと、私はラックから目を離して訊いた。

「え？」

「突然新婚旅行に行こうだなんて、ちょっとびっくりです」

「ああ、まあ、なんていうか、考えてみたら僕たちって遊園地へ行ったぐらいで、たいしたところには行ってないでしょう。それだって、お兄さんが連れ出してくれたからですし。ちょっとよくないかなと」

山田さんは手にしていたパンフレットを戻しながら言った。

「どこかに行くことって、そんなに大事じゃないですよ」

「それはそうですけど、でも、僕は気も利かないしマメでもない。そのくせそれでいいと思ってたところがあって」

流行りや細かいことにあまり目が向かないし、気の利いた言葉を発することもない。けれど、そういう朴訥《ぼくとつ》さが山田さんのいいところだ。私が「それでいいじゃないですか」と言うのに、山田さんは首を横に振った。

「いいえ。男は不器用なぐらいでいいと思ってたんですけど、それってうそですよ。お兄さんを見ててわかったんです」

「あの人をですか?」

「ええ。お兄さんってすぐ動こうとするでしょう。伝えようといつも必死で。すごいなと思うんです」

「確かにしょっちゅう動いてはしゃべってますけどね」

「あんなにも方法があるのに、愛情を形にするなんて無意味だって、僕は最初から放棄してました」

山田さんは照れくさそうに頭をかいた。

「あんな妙な人に影響されて、無理しないでくださいね」

「無理じゃないですよ。僕、お兄さんと違って、不器用なわけでもないですし。それに、単純に旅行に行きたいんです。さくらさんと」

「そうですか……」

なんだか気恥ずかしくなって、ラックに戻した私の目に、一冊のパンフレットが留まった。真っ青な空に、だだっ広い緑の公園と黒い城が写されている。

「そっか。そうですよね。そこにしましょう」

私がそれを手に取る前に、山田さんが言った。

「城も公園もきれいな町並みもあるし、それに、ほら、晴れの国だって」

山田さんが私に見せた岡山のパンフレットには、晴れの国にようこそと書いてある。

「晴れの国だったんだ」

あの場所がそう呼ばれていたことを、私は知らなかった。そこにいた一年間、そんなふうに感じたこともなかった。離れた場所でも知れる簡単なことなのにだ。

「あ、でも、私、住んでたことあるんですよ」

初めての場所に行こうと言ったはずだ。私がそう言うのに、山田さんは、「さっき聞きましたよ。でも、二人で行くのは初めてです」と微笑んだ。

山田さんの穏やかな笑みを見ていると、それでいいんだと思える。それがいいんだと感じられる。私の心の奥は、もう岡山に行くのが楽しみになっていた。

「そうですね。いいところです」

私を見守っていてくれる人がいる場所だ。おにいさんと出会えた場所だ。あそこは確かに晴れの国にちがいない。

20

「いい天気になりましたね」

山田さんが広間から見える庭を眺めながら言った。

「本当に。昨日まで雨だった分、景色も澄んでるし。足元の悪い中にならなくてよかった」

梅雨そのものの雨が続いていたけど、六月二十二日は久しぶりの晴れとなった。水分を含んだ庭の緑がきらきらと光を反射している。

親戚を集めての食事会は、駅近くの料亭で行うことになった。昔ながらの料亭だけど、手入れの行き届いた部屋は清潔感があって、至る所に花が飾られている居心地のいい店だ。食事会を前にして、山田さんのお義母さんと私の母親は話を弾ませているし、さやかちゃんは山田さんの弟になついてはしゃいでいる。

「大きめの場所にしてよかったですね」

山田さんに言われて、私は「予定より三人多かったようです」と笑った。

小森校長に奥さんにお兄さん。想像していたより多くの人に祝福してもらえるのは、とても幸せなことだ。

「ああ、こんなに大きくなって。今日は一段ときれいだ」

山田さんのお義父さんにひとしきり私のことを話していた校長先生が、また私の前にやってきた。

「先生、その台詞、今日四回目ですよ。それに、初めて先生にお会いした時だって二十二歳でしたから、大きさは変わってないはずです」

私が言うのに、「そっか、そっか。とにかく楽しそうで何よりだよ」と校長先生は豪快に笑った。

「そうだ、先生。私たち今度の水曜日から岡山に行こうと思ってるんです」

「そりゃまたどうして？」

「新婚旅行です」

私の報告に、校長先生はますます顔をほころばせた。

「なるほど、里帰りも兼ねてだね」

「里帰り？」

「さくら先生の懐かしの土地を二人で巡るんだろ？」

懐かしの土地。あそこは私にとってそういう場所でもあるのだ。私が忘れようとしていたように、あの場所の人々も私が訪れることなどないと考えていると思っていた。だけど、閉ざしてしまっていたのは、私だけのようだ。

「ええ」

「いい場所がたくさんあるもんな。案内しよう。えっと、水曜日は……」

予定を確認しようとポケットから手帳を取り出した先生を、

「あなた、新婚旅行って言ってるでしょう。邪魔になるのがわからないの？　ありがた迷惑よ。さくらさんを困らせないで」

と奥さんがたしなめた。

「いえ、迷惑なんてとんでもないです。近くに行ったら、先生のお宅にも挨拶に伺いますね」

昔のままの二人の様子に、私は思わず笑ってしまった。

「いいのよ、わざわざ来なくても。何もないところだもの。近くを通り過ぎて行ってくれるだけで、私たちは十分嬉しいのよ。ほら、あなた席に着きましょう」

奥さんはそう笑って、校長先生の背中を押した。

お兄さんと校長先生は本当によく似ている。立派である前に、なりふり構わず優しい。残念そうに手帳を片づけたと思ったら、今度は隣の席のすみれに岡山の話を誇らしげに聞かせている。お兄さんにそっくりな校長先生の行動に、私の笑みはこぼれっぱなしだった。

「ところでさくらさん、お兄さんは？」

山田さんが席に着き始めたみんなを見回した。

「あれ？　確かにさっきいたんですけど……」

お兄さんは校長先生と奥さんと一緒にやってきたはずだ。それなのに、部屋のどこにも姿がない。

「もしかして……、ちょっと呼んできます」

私はそそくさと広間から出ると、控室にと用意してもらった小さな個室をのぞいた。思ったとおり、お兄さんは隅でこそこそと準備をしている。

「ねえ、お兄さん。みんなそろってるけど」

「あと少しなんだ。ちょっと待ってよ」

私が声をかけるのに、見向きもしないでお兄さんは答えた。

「もう始まるのに」

「初舞台だから、準備に忙しいんだ。親父やおふくろもいるし、めでたい席だから失敗はできない」

「大丈夫だって。お兄さんの手品は余興だから、誰も見てないし安心して」

「なんだそれ、せっかく練習したのに。結局はいつもいいところを、さくらが持ってくんだから。まあ、妹への最後のプレゼントだし、さくらが見てくれたらいいとするか」

「最後？」

さらりと放たれたお兄さんの言葉を、私は訊き返した。

「うん。最後だよ。まさかさくらが結婚したのに、手品や料理を披露しに団子屋に通うわけにはいかないだろ？」

「そっか。そうだね」

今日から私は山田家の一員になる。喜ばしいことだけど、今までどおりにはいかなくなることもいくつかある。遠くから見ていたお兄さんが、結婚をきっかけに一気に近づいてきた。けれど、その結婚を機にできてしまう距離もあるのだ。

「あ、でも、さくらの兄ってことはさ、家族割引で団子買えるよな。本物の水饅頭を買い占めに行かないと。いや、身内だからタダか」

しんみりしかけていた私に、お兄さんはほくほくしながら言った。そうだった。寂しくなる必要なんてない。お兄さんのことだ。手品や料理教室がなくなっても、また違ったものを連れてやってくるにちがいない。

「さすがお兄さん。しっかりしてるね」

「当然だろ」

「そんなことよりさ、一つお兄さんに言っておくことがあった」

「何?」

ほんの少し改まった私を、お兄さんが見つめた。

「お兄さんが何て言っても、私、山田さんのことが好きなんだ」

いい歳になって、母親も喜んでくれて、お義母さんたちともうまくやれそうで。結婚をしようと踏み切った源は、核心に触れないものばかりだった。だけど、遊園地に行って、夜の電車に揺られて、一緒に名も知らないお兄さんのことを捜して……。お兄さんが出現して予定が狂っていく中で、確かになっていったものがある。

「へえ、そうなんだ。ま、そんなこと、とっくに気づいてたけど。でも、張り切ってるところ悪いけどさ」

お兄さんはにやりと笑った。

「何？」

「僕は、さくらのやることには反対なんてしないから。どんなひどいやつと恋に落ちようが、無謀な行動に出ようが、何でもＯＫなんだ。いつだって妹の味方だからさ」

「それ、私もだよ」

突然現れた見ず知らずの男の子は、三ヶ月ほどで大切な兄になった。同じ時間を共にしたのは数えるほどなのに、何年もの月日を重ねたようにお兄さんは私の中にしみこんでいる。

「そっか。そうだよな。じゃあ、手品ぐらい失敗しても、さくらが何とかしてくれるよな。よし、いこう」

「できることはやるけど……」

私は勢いよく立ちあがったお兄さんが抱えている布きれに目をやった。もうすでに端からは、ぬいぐるみのウサギの耳がはみ出ている。

「早く行こうぜ。みんな待ってるんだから」

まあいいか。少々種がこぼれていたって、手品ぐらい成功するし、今日の会もうまくいく。山田さんや校長先生や親戚たち。そこにはみんながいるのだから。

「ちょっと待ってよ」

私はすでに歩き始めているお兄さんを追いかけた。

解説

江南亜美子

思えば、瀬尾まいこという作家は、書きだしの一文目から物語の核心へ、私たち読者をぐっと誘い込むことが得意なのだった。坊っちゃん文学賞の大賞を受賞し、デビュー作となった『卵の緒』は、〈僕は捨て子だ。子どもはみんなそういうことを言いたがるものらしいけど、僕の場合は本当にそうだから深刻なのだ〉といって始まり、映画化された人気作の『幸福な食卓』は、〈「父さんは今日で父さんを辞めようと思う」春休みの最後の日、朝の食卓で父さんが言った〉という、どきっとする出だしだ。

書店でなにげなく立ち読みをした小説の冒頭がこうであれば、ついレジへ持っていってしまうだろう、つかみの強さ。本作の『春、戻る』でもその力は十分に働いていて、〈生まれてから今日までの出来事をすべて覚えておくのは不可能だ。うっすらぼやけてしまっていることもあるし、すっかり抜け落ちていることもある。（中略）だけど、自分についての基本情報ぐらいは覚えている。少なくとも、自分の家族構成はきちんと把握している。つもりだ〉とある。

「つもりだ」という、どこか心許ない、言い訳めいた付け足しはなんだろう——。そう読者が考えこむ間もなく、主人公の望月さくらのもとには、見ず知らずの男の子が「兄」を名乗って登場する。しかもあきらかに、彼のほうが年下らしい。「どちら様って、うそだろう？　お兄ちゃんだよ、お兄ちゃん」と言って、屈託なく近づいてくる男の子に、思いきり警戒し、身構えるさくら。読者の心情もさくらと同じだ。

いきなり始まる、この新手の詐欺のような状況にくすっと笑ってしまったなら、もうすでに、瀬尾まいこワールドにとりこまれているのである。

物語は、三十六歳のさくらが詐欺に見舞われる犯罪小説の方向にも、自らの記憶の混淆をヒリヒリと疑いだす心理サスペンスの方向にも進まない。厄介な状況だなと思いつつも、さくらがいくらか冷静さを取り戻して問うてみれば、相手はあっさりと自分が二十四歳だとみとめ、「さくらって、いまだに先に生まれたほうが兄っていうシステムを導入してるの？」などとすっとんきょうなことを言いだす始末だ。

しかし名乗りはせず、あくまでもさくらの「兄」だと言いはる、このマイペースでみように人懐っこい男の子はいったい何者なのか。その謎は明かされないまま、話は進んでいく。

　さくらは、結婚を控えている。夫となる相手は、昔ながらの商店街にある和菓子屋の息子の山田さんで、〈大柄で熊みたいにのっそりとして〉いる穏やかな気質の人だ。人柄と同じく、お見合いのようなものから始まった二人の関係も、派手に燃えさかる恋愛感情とは無縁に、ゆったりとしたものだ。結婚前から商売の手伝いに通っていることもあって、恋人のキラキラ感も、もはや新婚の親密感も一足飛びに、ながく連れ添った夫婦のような落ち着きをかもしだしている。

　そしてどうやら「お兄さん」は、このさくらと山田さんとの結婚に、一枚嚙みたいようなのである。とはいえ、山田さんから奪って三角関係に、とか、陰謀をたくらんで引き離す、といった不穏当なものではない。ただ「妹」の幸せを願うあまり、相手の男の人物を見定めたいとの、ひしとした思いに突き動かされた行動をとる。

　本編を読まずに、まずこの解説のページから開いた人には、ぜひここで本編へと戻っていただきたいのだが（でも大丈夫、解説にたいしたネタバレはありません）、きみょうな三人の関係がよく表われているのが、遊園地デートのあたりだろう。さくらたちがロクなデートもしないと聞いて遊園地へ誘った兄は、自分もさんざん乗り物を楽しんだあとで、いつものごとく「団子屋の嫁」におさまることの是非を問う。いらだつさくらは、「勝手に人のことを気にしすぎなんだよ」と反論するが、それを止めたのが山田さんの「まあまあ、兄妹げんかはやめてください。こんな楽しい場所で言い争うなんてもったいないですよ」というセリフなのだ。

あきらかに婚約者より年下で、しかも元は他人であるのが明白な男の子を、さらっと受け入れて「兄妹」とまで呼ぶこの度量。嫉妬といったネガティヴな感情で疑心暗鬼になってもおかしくない状況を、泰然自若で笑い飛ばせる余裕感。すこしあとになってさくらが、年下の兄の存在をヘンとは思わないかと聞いたとき、山田さんはこう答える。

「お兄さんなのかどうかはおいておいたとしても、さくらさんを大事にしている人は、僕にとっても大事な人ですから」。

この、大事な人のことを大事にしている人は味方と見なす、という考え方は、自然なようでいて、おそらく難しい。とりわけ婚約者に同性の相手がとりついていたなら、縄張り意識とプライドが渾然一体となって、それをひきはがしたくなるのが道理というものだろう。しかし山田さんはそうはしないし、もっといえばお兄さんがそうはさせない。恋敵ではなく、あくまで「兄」。排除の相手ではないという無言の了解が、二人のあいだですでになされているのだ。

それを証拠に、連絡もなくお兄さんがしばらく顔を見せなくなった時期、さくらと山田さんは彼をあてどもなく捜し回る。メールの返信はなく、住まいも知らず、捜す手がかりもなし。この間さくらが感じていたのはおそらく、柔らかな悲しみだったはずだ。恋人の失踪のように怒りや絶望に彩られるものでも、厄介な人がいなくなったすがすがしさでもなく、まさに家族が消えたようなしくしくとする悲しみ。そのときさくらは、自分がお兄さんに心を開きつつあったと悟ることになる。

さくらには、山田さんに隠し、自身も思いださないようにと記憶にフタをしていた、つらい過去の体験がある。それは人生で最大の挫折を味わったある職歴にまつわることであり、いわゆるトラウマだ。しかしお兄さんの開けっぴろげな屈託のなさにつきあい、またお兄さんとの関係を通して山田さんとの距離も一段と近づくにつれ、さくらはその封印を解いて、自己ともういちど向き合おうとするのだった。心を開くカギは、「準家族」とでも呼びたい、ゆるやかな紐帯のなかにあったのだ。そこに血のつながりは必要ない。世間一般の認める家族観からは大きく外れていてもかまわない。名も知らぬ年下の兄と、これから夫婦になる度量の広い人との新しい関係が、さくらに抹消しかかっていた記憶を思い起こさせていく。

瀬尾まいこという作家の特性は、決して深刻になりすぎず、読者を試すような物語を用意せず、それでもこうして、あざやかに読者の常識をゆさぶっていくところにあるのだろう。いま、「家族」という概念を捉えるのは難しい。実際の形態はどんどん多様になっているのに（一人親、養子、同性婚、事実婚、体外受精……）、一方で、世間的な枠組みから外れたものへの排外的なまなざしは、厳しさを増している。さらにはそうした他者の価値判断を、「世間の目」として内在化し、自分をがんじがらめにして苦しむ人たちもいる。

しかしこの著者は、やさしい声で「ただしい家族」なんて規範はないと、私たち読者に繰り返し教えてくれるのだ。〈「父さんは今日で父さんを辞めようと思う」〉という、育児放棄にもとられかねない宣言から始まる物語も、その真意は、世間一般の役割意識を捨てて楽になろうというメッセージで、読者の思いこみを溶かしていくものだ。本作ではさらに、血のつながりを越えたところでもきょうだいのような関係を結ぶことはできるし、相手の幸せを家族として願うことができるということを描き出していくのである。

さくらは、再び顔を見せたお兄さんの正体を思いだしたとき、しみじみとつぎの言葉をかみしめることになる。〈思い描いたように生きなくたっていい。つらいのなら他の道を進んだっていいんだ。自分が幸せだと感じられることが一番なんだから〉。タイトルの「春、戻る」という不思議なフレーズは、封印が解けて、本当のリラックス状態を取り戻したさくらの心のうちを示しているのだろう。

ひょうひょうとした、やさしい筆致で描かれるのは、いっぷうかわった人間関係かもしれない。登場人物たちの善人さは、非現実的に思われるかもしれない。しかし隠したり忘れたりしたい、しんどい記憶がひとつもない大人などいない（お兄さんだって相当な過去の持ち主だ）以上、そこから解き放たれる希望を見せてくれる本書は、大人の読者にこそ沁《し》みいるはずだ。人生の滋味。瀬尾まいこの作品がひろく支持される理由は、おそらくそこにある。

（えなみ・あみこ　書評家）

集英社文庫

春《はる》、戻《もど》る

2017年2月25日　第1刷　　定価はカバーに表示してあります。

著　者　瀬尾《せお》まいこ

発行者　村田登志江

発行所　株式会社　集英社
東京都千代田区一ツ橋2-5-10　〒101-8050
電話　【編集部】03-3230-6095
【読者係】03-3230-6080
【販売部】03-3230-6393（書店専用）

印　刷　凸版印刷株式会社

製　本　凸版印刷株式会社

フォーマットデザイン　アリヤマデザインストア　　マークデザイン　居山浩二

ISBN978-4-08-745541-0 C0193